絵が殺した

角川文庫
22636

目次

1

死体は富田林《とんだばやし》市佐備《さび》の竹林で発見された。

五月十日、早朝、雨あがり。地元兼業農家の主婦が竹の子を採《と》ろうと、自宅から一キロほど離れた通称足辺山《あしべやま》の所有林に入ったところ、農具小屋の脇の窪地《くぼち》の一部がわずかに隆起して、落葉の下から白っぽい陶器のかけらのようなものがのぞいていた。主婦は落葉を取り除いた。黒い糸状の塊が軍手の指にからみつき、その下からひび割れた半球が現れたとき、彼女は声にならない悲鳴をあげた。

「竹の子がうまい具合に頭蓋骨《ずがいこつ》を押し上げたんや。死体は深さ五十センチの地中に埋められてたし、これが竹林の中でなかったら、永久に見つからんかったやろ」

同僚の文田《ふみた》がたばこを吸いつけていう。「天網恢々疎《てんもうかいかいそ》にして漏らさず。よういうたもんや」

「何じゃい、そのテンモウカイカイとかいうのは」

私は文田のたばこを一本抜いた。「陰毛痒《か》い痒いやったら、ええ薬があるで」

「これやもんな。おまえの下品さにはついていけん」

文田が天井を仰いでけむりを吹き上げたところへ、幹部連中が入室して来た。班長の深町《ふかまち》と係長の川島《かわしま》、そのあとに続く二人の男は富南《とうなん》署の署長と刑事課長だろう。四人は黒板を背にして、テーブルの向こうに着席した。我々下っ端はパイプ椅子に腰かけている。

室内のざわめきが消えた。午後八時二十分、初めに署長から訓示。事件の早期解決に向けて全力を傾注せよと、型どおりの内容だった。

次に、深町が立った。

「事件の概要はみんなも知ってると思うが、ここでいったんまとめをつける。質問や意見があったら、その都度発言してくれ」

胸を反らして一座を睥睨《へいげい》する。その三角に尖《とが》った頭頂部にはほとんど毛がなく、鼻はだんごで唇がやたら厚い。げじげじ眉《まゆ》に金つぼまなこ、背が低く、肥《ふと》っている。赤豚、小泣きハゲ、いちじく小僧、陰でみんなにそう呼ばれているのを深町は知らない。

「まず、剖検の結果からや。川さんに報告してもらう」

深町が坐《すわ》るのと入れ替わりに、隣の川島が立ち上った。いつもの熱のこもらぬ口調

で、

「死体は死後十カ月、ほとんど白骨化してる。骨に損傷はなく、また青酸や砒素《ひそ》等、毒物の検出もされてないことから、死因はおそらく創傷、中毒死以外の、窒息死、凍死、飢餓死、及び、脳、心臓等の疾患による内因性急死の可能性がある。被害者の推定年齢は五十ないし六十歳。身長百六十センチの男性で、血液型はB。……と、現在判明してるのは以上や」

「身元を割る手がかりになるようなもんはおませんのか」

富南署の捜査員が訊《き》いた。川島は小さく肩をすくめるようにして、

「死体の衣服はすべて剝《は》ぎ取られてるし、今日の現場周辺の捜査でも遺留品は発見されてへん。『歯』の他に被害者を特定できるもんはないやろ」

「その、歯の特徴は」

別の捜査員が発言した。川島は机の上のメモを取り上げて、

「上顎《じょうがく》、右第一、第二大臼歯《きゅうし》にアマルガム充塡《じゅうてん》。右第二門歯に銀冠装着。下顎《かがく》、右第二大臼歯、左第一大臼歯に銀冠と、年齢《とし》の割には丈夫な歯で、外見上、これといった特徴はない」

「こいつはどうも、ややこしいことになるで」

私の肩をつついて、文田が囁《ささや》く。「白骨、死因不明、遺留品なし。わし、二年前の

溜池《ためいけ》事件を思い出すがな」

「あれは確かにえらかったな」と、私。

——一昨年《おととし》七月、羽曳野《はびきの》市の灌漑《かんがい》用水池で同じように女の白骨死体が発見され、その捜査に深町班が投入された。私は真夏の炎天下、府下南部の歯科医院を二百軒近く訪ね歩き、カルテと歯列の照合に二ヵ月を費《つい》やしたが、被害者の身元を特定することはできず、その半月後に和歌山で逮捕された空き巣の常習犯が、毎夜うなされ続けたあげく、罪の呵責《かしやく》に耐えられないといって、内妻殺しを自供した。結果的に事件は解決したが、深町班の面目は丸つぶれ、私たちの努力はまったくの骨折り損となって、ほぞをかんだ苦い記憶がある。

「わし、歯医者まわりは願い下げやで。あいつら、ほんまに不親切や」

多くの歯科医が我々を疫病神《やくびようがみ》のように扱った。冷房の効かない倉庫のような部屋で、ただ黙々とカルテと歯列を照合する単調さは経験した者にしか分からない。

「ちょっと質問」

前の方で手があがった。富南署の捜査員が、

「捜索保護願い対象者や行方不明者のうちで、身体的特徴が被害者と一致するのはあらへんのですか」

「残念ながら、ない」

答えたのは深町だった。「狭山《さやま》署、河内長野《かわちながの》署、黒山《くろやま》署にも照会したけど、めぼしいもんはなかった。今後、調査対象を府下全域から近畿《きんき》各府県警に広げる予定や」

と、そこまでいって、深町はふと思い出したように、「身体的特徴といえば、被害者の髪の毛は白髪まじりで、量はそう多くないけど、長さが二十センチ近くもある。この長さは、初老の男としてはけっこう珍しいし、髪型を考えると普通の勤め人ではないとみることもできるんやないかな」

「ホームレスという見方もできんことはないですな」

「ふむ……」

深町は曖昧《あいまい》な相槌《あいづち》をうち、テーブルに両手をついて背筋を伸ばした。「これからの捜査方針を確認する。まず第一は、いうまでもなく被害者の特定や。死体の着衣を脱がして山中に埋めた点から推《お》して、これは流しの犯行ではなく、犯人と被害者の間には濃厚な識がある。被害者の身元を割ること、すなわち犯人逮捕のいちばんの早道やと心得てくれ。そして、第二は現場附近の訊《き》き込み。佐備地区はもちろんのこと、竜《りゅう》泉《せん》、神山《かみやま》、千早赤阪《ちはやあかさか》村まで、近隣地区をしらみつぶしにあたること。あの竹林はバス通りからかなり奥に引っ込んだとこにあって、犯人は相当の土地鑑を有してると思料される。地元の素行不良者、虞《ぐ》犯《はん》者を洗い出すんや。……と、ここまでで何ぞ意見は」

誰も発言しない。実際、現時点でこれ以上の方策は考えつかない。深町はひとつ空《から》咳《せき》をして、

「帳場《ちょうば》はここ富南署に置く」

——帳場とは関西の刑事仲間の符牒《ふちょう》で捜査本部のことをいう。捜査一課長や刑事部長の意を受けて、府警本部長が設置するのである。

大阪府警捜査一課には全部で十の班があり、このうち、強盗事件班、火災専門班、特殊捜査班の三班を除くあとの七個班が殺人事件を担当する。各班は警部を長とし、その下に警部補が一人ないし二人、あとは巡査部長、巡査長八、九人の計十人から十二人編成となっている。班は事件発生と同時に、その事件発生地を管轄《かんかつ》とする警察署に派遣され、事件が警察の規定でいう「本部長直接指揮事件」となれば、そこに帳場が設置されて部屋と電話が貸与される。また、署から十人ないし二十人の応援捜査員をもらえる——。

「よっしゃ。みんな、明日《あした》から本腰入れて捜査にあたってくれ」

深町はハンカチで額を拭《ぬぐ》い、「偶然とはいえ、竹の子が掘り起こした仏さんや。竹の子のシーズンが終るまでに犯人を挙げるのが何よりの供養になる」

といって、両手を顔前にかざし、拝むような仕草をした。陽《ひ》に灼《や》けた頭頂部が磨いたように光っている。

——十時四十分、やっと家に帰り着いた。

「ただいま」

奥に向かって声をかけたが、返事はない。

「ただいま」もう一度呼びかけると、洗面所のアコーディオンドアが開いて、デコが顔をのぞかせた。頭にタオルを巻いている。

「お帰り。遅かったね」

「事件発生、ついさっきまで捜査会議や」

「それ、ひょっとしたら富田林の？」

「そう。深町班のお出ましや」

私は冷蔵庫からビールを出して食卓に腰を下ろした。栓を抜いてグラスに注ぎ、ひと息にあおる。

「ご飯は」

デコが洗面所から出て来た。いちごのパジャマがかわいい。

「肉じゃがとほうれん草のおひたしがあるけど」

「要らん。寝る前の飯は豚のもとや」

「豚はビールなんか飲まへんで」

「栓抜きを持ってへんからや」

「うち、七時のニュースで見たわ。竹林に死体なんか埋めるもんやないね」

「それ、どういう趣旨でいうとるんや。デコは犯罪者の味方かい」

「単なるやじ馬的発想やんか」

デコも食卓に坐った。タオルで髪を拭《ふ》きながら、「誠《せい》ちゃんも竹林に行ったんやろ。白骨死体て、どんなん……気持ちわるい？」

「別にそれほどでもなかったな。学校の理科室なんかに置いてある骨格標本を想像したらええんや。骨の色は少し褐色がかっていて、ところどころにぼろ布みたいな皮膚がこびり付いてるのと、髪の毛がざんばらになってるのが違いといえば違いやな」

「それだけ違《ちご》うたら充分気持ちわるいわ」

まだ子供のいない新婚夫婦、こうして毎晩、デコと私はその日あったことを話しあう。

「ほな誠ちゃん、これから当分の間、遅うなるな」

「泊まりもあるやろ」

「何や、今度の日曜は三越へ行こと思てたのに」

「ティファニーで朝食でも食うんかい」

「うわっ、顔に似合わんおしゃれなこというやないの」

「ひと言余計じゃ」

「三越でね、来週いっぱい版画展が開かれるねん。ここに一枚どうかなと思て」

デコは後ろの白いクロスの壁を振り仰ぐ。

「版画て、四万も五万もするんやろ。もったいない。おれが描いたる」

「あかん。誠ちゃんのてんとう虫なんか」

「その話はもう堪忍してくれ」

恥ずかしながら、高校のとき、私は美術部に属していた。二年生の夏のグループ展に、私は傘の絵を描いた。絵は雨の横断歩道を渡る一人の女を真上から俯瞰《ふかん》したもので、赤い傘に大きな黒の水玉模様を描き入れた。その斬新《ざんしん》なアングルと大胆な色使いは、我ながらなかなかの出来映えだと思った。

グループ展の当日、私は足どりも軽く会場へ向かった。絵の下に貼ってあるタイトルに顔を近づけた瞬間、私の頭の中はまっ白になった。「はしごとてんとう虫」そう書いてあった。以来、私は美術部を休部した。

「わるいけど、版画展はデコひとりで行ってくれ。おれ、たぶん、日曜日も仕事やろ」

「うち、ひとりでなんか行かへん」

デコは拗《す》ねたようにそういい、「先に寝るわ。明日は仕入れやし」

立って寝室へ行った。

デコはここ大正区三軒家《さんげんや》のマンションから南へ一キロほど離れた泉尾《いずお》の公設市場で、おやじさんの塩干物《えんかんもの》小売店を手伝っている。給料は手取りで十二万円。火木土はおやじさん、月水金はデコが軽四輪を運転して、福島の中央市場へ仕入れに行く。

「しゃあないな」

私は食卓の数の子をつまんで口に入れた。


五月十三日、朝、帳場に顔を出すなり、深町に呼ばれた。きのう提出した神山地区訊き込みの報告書に不備があったのかと、少なからず緊張してデスクの前に立つ。

「何でしょうか」

「誠やん、おまえ、美術部とかいうてたな、高校のとき」

「は、はい……」

「よっしゃ、今日は京都へ行ってくれ」

「京都へ」

「伏見や。桃山の与五郎町に黒田雅子《くろだまさこ》いう絵描きの未亡人がいてる。会《お》うて話を聞くんや」

「その、話というのは」

「黒田雅子のだんなは理弘《みちひろ》いうて、去年の夏、写生中に丹後《たんご》半島で海に落ちた。死体は未発見や」

「転落死と分かってるんやったら、それは事故やないですか」

単なる事故死を、何でこのおれが伏見くんだりまで訊《き》き込みに走らんとあかんのや
——と、これは私が喉《のど》の奥に呑《の》み込んだ言葉。

「黒田理弘が崖《がけ》から墜落したとこは誰にも目撃されてへん。……黒田の年齢は五十五、血液型はBで髪も長かった。上の前歯に銀冠を被《かぶ》せてるのも被害者の特徴と一致する。きのう、京都府警からファクスが入ったんや」

「了解。伏見に飛びます」

「小沢《おざわ》を連れて行け」

小沢の名を聞いて、気が重くなる。

「どこにいてます」

部屋を見まわすが、小沢の姿はない。

「知るかい。わしはあいつの子守やない」

深町はデスク上のファイルに眼をやったまま黒田雅子の住所と電話番号を書いたメモを放って寄越し、私を追い払うように小さく手を振った。

小沢の居場所は見当がついている。私は帳場を出て、階段横のトイレの扉を押した。案の定、ブースがひとつふさがって、中にあの末成《うらな》りびょうたんの気配を感じる。

「小沢、早《は》よう出んかい。仕事やぞ」

「あ、はい……」

いかにも頼りなさそうな、か細い声が聞こえた。

署をあとにした。近鉄富田林駅へ向かう。

「おまえ、ちゃんとけつ拭いたか」

「拭きました」

「手は」

「洗いました」

「何で、家で済まして来《け》えへんのや」

小沢は毎朝、署のトイレを使う。

「ぼく、便秘気味やから……」

「野菜を食わんかい」

「けっこう食べてますけど……腸の働きがわるいんやろか」

わるいのは、おまえの全身の血のめぐりじゃ——いいたいのを、私はかろうじて抑えた。小沢といっしょだといらいらする。その話し方といい、動作といい、常人とはワンテンポもツーテンポもずれている。のれんに腕押し、豆腐にかすがい、食べ残して一晩放っておいたすき焼きの麩《ふ》のような歯ごたえのなさ、いったいどういうわけで、こんな昼行灯《ひるあんどん》が捜査一課に配属されたのか、いまだに解《げ》せない。フルネーム、小沢慎《しん》一《いち》、二十七歳。いちおう巡査部長となっているから、試験の要領だけはいいのだろうが、やはり人間には向き不向きというものがある。生白いのっぺりした顔に度の強い眼鏡、細く華奢《きゃしゃ》な体つき、殺しの現場にこれほど似つかわしくない男も珍しい。

「捜一暮らしもそろそろひと月半……どうや、ちゃんとやって行けそうか」

「そうですね、ええ、何とか……」

小沢はこの四月から深町班に来た。私の相棒の堤《つつみ》というのが胃かいようで休職中のため、不本意ながらこの私が小沢とコンビを組み、いきおい行儀見習いの指導教官といった立場になってしまう。実にいまいましい。

「おまえ、仏さんを拝んだんは、あの骸骨《がいこつ》が初めてか」

「いえ、何べんか見てます」

小沢は港区の水上署にいた。溺死体《できしたい》は何度も回収したという。

「水死体の場合、女は俯《うつぶ》せ、男は仰向《あおむ》きで浮いてるとかいうけど、あれはほんまかい」

「俗説やと思います。男も女もたいていは下を向いてますから」

夏、長く水中にあった死体を陸上に引き揚げると、驚くほどの早さで腐敗が進行すると小沢はいう。数時間のうちに皮膚が緑色になり、風船のように膨《ふく》れあがるそうである。

「そういう死体を扱うときは、よほど気をつけなあきません。下手に持ち上げたりしたら、口や鼻から腐った汁が噴き出るんです」

「汚いな、え」

「ぼく、その腐敗汁をまともに浴びたことがあります」

「それはおも……いや、かなわんな。で、おまえ、どないした」

「気絶しました」

富田林駅から阿倍野橋《あべのばし》、地下鉄に乗り換えて淀屋橋《よどやばし》。京阪《けいはん》の急行に乗って、桃山南口へ着いたのは十一時前だった。大阪の南河内《みなみかわち》から京都はやはり遠い。

与五郎町はきれいに区画された住宅街だった。家々の生垣が密に生い茂って、街並みはけっこう旧《ふる》い。黒田家は駅から十分ほど歩いた特定郵便局の裏手にあった。

「はい、主人は写生をしてたんです。月に一、二へんは車で遠くへ出かけてました」

黒田雅子は正座した膝《ひざ》の上に両手を揃え、伏眼がちに話す。少し痩《や》せ気味で色が白く、鼻すじがまっすぐ通っている。長い髪を無造作に後ろに束ねているのが、今は売れていない某熟年女優に似ているといえば褒めすぎか。

「ご主人、丹後半島のどこで海に落ちたんです」

私が訊く。小沢はメモ係だ。

「経ヶ岬《きょうがみさき》です。去年の八月七日、灯台近くの崖の上にスケッチブックや絵の具が散らばってるのを、夕方、灯台に来た職員さんが見つけて、警察に通報してくれたんです」

現場へは丹後町中浜から駐在所員が来た。岬の北端、雑木林の中のそこだけ小高くなった草地に、スケッチブック、水彩絵の具、筆、水差し、折りたたみ椅子が残されていた。警察は附近を捜索し、草地から二十メートルほど離れた崖っ縁のつつじの枝が折れているのを発見した。崖下を覗《のぞ》くと、途中の松に白いテニス帽がひっかかっている。警官は海中転落を確信し、網野町《あみのちょう》の本署に本格捜索を行うよう要請した——。

「私の方に警察から連絡があったのは夜の八時ごろでした。岬のふもとに主人の車が駐《と》めてあったので、持ち主を調べてくれたんです」

「それで、奥さんは丹後町へ走って、ご主人の遺品を……いや、スケッチの道具類を確認した？」

「はい、そうです」

雅子はこっくりうなずいて、「主人の遺体、まだ見つかってません。あの人、泳ぎは達者やし、ひょこっと帰って来るような気がして……」

「こんなこと訊いたら何やけど、ご主人、自殺をするようなようすはなかったですか」

「ありません。それは絶対に。……そんな事情もありません」

雅子は強く否定した。私もそう思う。自殺志願の男がスケッチ用具を抱えて行くはずがない。

「ご主人が家を出はったんはいつでした。八月七日の朝ですか」

「いえ、六日の夕方でした。日本海の朝日を描きたいとかいって……」

黒田にはそんなふうに、ふらっとスケッチに出かけることがよくあった。そのため、車にはいつもスケッチ用具一式を積んでいたと、雅子はいった。

「分かりました。今日は突然お邪魔しまして、どうも」

私は居ずまいを正して、「参考までに、ご主人の行きつけの歯科医院を教えてもらえませんか」

「中書島《ちゅうしょじま》の駅前の阪本《さかもと》歯科です」

「了解。ほな……」

私は立ち上った。足が痺《しび》れている。

「刑事さん……」

雅子が私を見上げた。「その、大阪で骨になってた人、まさかうちの主人やないでしょうね」

「たぶん、違いますわ。わしら、どんな小さい可能性でもひとつずつつぶしていかなあかんのです」

一礼《いちれい》して、私と小沢は黒田家を辞した。


中書島、阪本歯科はゲタばきマンションの一階にあった。ガラス扉に札が下げられ、二時まで休診となっている。

「こらあかん、お昼寝タイムやで」

「困りましたね。まだ二時間あります」

と、腕の時計に眼を落としながら、小沢。

「これやから、わし、医者が嫌いやねん。ついでにいうと、坊主と交通警官も大嫌いや」

「はあ、そうですか」

小沢は笑うでもなく、気の利いたせりふのひとつを吐くでもない。

「ま、昼飯でも食おかい」

私は筋向かいのうどん屋を指さし、ゆらゆら歩きだす。

店内はほぼ満員だった。私はきつねうどん、小沢はざるそば。きつねうどんのあげが厚さ二センチもあるぞうりのような厚あげで、甘い出汁《だし》でこってりと煮含められていい、これは大そう旨《うま》かった。五百五十円の値打ちは充分あった。

私と小沢はうどん屋を出て、隣の喫茶店に入った。コーヒー片手にスポーツ新聞を読みながら時間をつぶす。肩にあたるガラス越しの日差しが実に快い。小沢は腕を組んでこっくりこっくりやっている。

新聞を脇に置いて、シートに深くもたれかかると、いつしか私も眠り込んでいた――。

午後二時、阪本歯科の扉を押した。受付に手帳を呈示して院長を呼んでもらい、事情を話す。院長は小沢から白骨死体の歯列を受け取って奥に消え、五分後に待合室へ戻って来た。心なしか上気した面持ちだ。

「どないでした、先生」

「おそらく、間違いありませんね」

「へっ……」

「この歯は黒田さんの歯だと思います」

「ほ、ほんまですかいな」

これは驚いた。まったく期待していなかったのだ。

「この上顎《じょうがく》大臼歯《きゅうし》は私が治療したものでしょう。実物を見れば、はっきりとお答えできるのですが」

「ほな先生、大阪までご同道願えますか」

遺体は狭山市の近大医学部にある。

「行けるのは夜ですね。七時すぎに車で迎えに来て下さい」

いって、院長は治療室へ戻って行った。

私は振り向いて、

「小沢、おまえはツキ男かもしれんな。こんな簡単に身元が割れるやて、近来にない運の良さや」

いうと、小沢もにやりとして、

「ぼく、晴れ男やと、よういわれましたわ」

2

五月十三日、夜、白骨死体は黒田理弘であると断定され、捜査は新たな局面を迎えた。丹後半島経ヶ岬で海中に転落、溺死《できし》したはずの黒田がなぜ富田林の山中に埋められていたのか——捜査員の大半が黒田の身辺捜査に投入され、私と小沢は黒田と取引のあった画商からの事情聴取を指示された——。

「ええ、そうです。黒田先生の作品は定期的にいただいておりました」

枚方《ひらかた》市香里《こうり》、建売住宅の一室で平尾《ひらお》克己《かつみ》は私の質問に答えている。平尾は五十五歳、この業界に入って三十年のふろしき画商——店舗、画廊を構えていない画商である。

「黒田さんの絵の値段は何ぼほどでした」

「作品の質にもよりますが、画料は号あたり八千円前後でしょうか」

絵画の〝号〟はハガキ一枚の大きさをいう。

「その八千円いうのは、日本画家としてどの程度のランクです」

「ま、最低でしょうね」

あっさり、平尾はいった。「亡くなられた黒田先生には失礼ですが、これ以下の安値はありません」

「黒田さん、下手やったんですか」

「いえ、技術的には非のうちどころがありませんでした。……むしろ、あまりに巧《うま》いために、かえってご自分の個性というか作風を確立できなかったんじゃないかと、私は考えます」

「その黒田さんの絵を平尾さんは月に何枚ほど引き取ってはったんです」

「一点です。十号を一点」

「売れ行きがわるいんですか」

「芳しくなかったですね。わるくすると、半年も一年も抱いてなきゃなりません」

「それやったら、買《こ》うて損しますがな」

「元値なら、客に売ることはできます」

「十号を月に一点。……たった八万円では、黒田さん、食うていけませんがな」

「画商は私だけじゃありませんから」

平尾の話を聞いていると気分がわるくなる。これがほんとの慇懃《いんぎん》無礼《ぶれい》というやつだ。言葉遣いこそばか丁寧だが、客を呼び捨てにすることといい、画商にとって飯の種である絵の提供者の黒田を侮《あなど》っていることといい、根に誠実さが感じられない。同じ業界三十年の古狸なら、深町の方がよほど可愛気がある。

「黒田氏と取引のあった画商さん、他にご存知ですか」

「嘘か本当か分かりませんが、洛秀《らくしゅう》画廊……京都でも五本の指に入る大手画廊に買ってもらうとおっしゃってました」

平尾は首筋に手をやって、「それと、矢野昭裳堂《やののしょうがどう》とのつながりもあったようですね」

「矢野昭裳堂というのは」

「矢野伊三夫《いさお》という美術ブローカーがひとりでやっています。あまり評判はよくないですね」

「どうわるいんです」

「詐欺《さぎ》、贋作《がんさく》、たかり、いろいろな噂が流れてますよ」

「それは、例えば……」

「実際のところは存じませんね。あくまでも噂です」

「昭裳堂と洛秀画廊の電話と住所、教えて下さい」

「お待ち下さい」

平尾は上着の内ポケットから手帳を抜き出した。「いいですか。番号は〇七五、四六二の五四××。住所は上京区笹屋町千本西入ル、──」

「九丁目の八……ここや」

軒の傾いたしもた屋の建ち並ぶ棟割長屋の一角、朽ちた板塀のところどころを木目の新建材で補修しているのが矢野伊三夫の家だった。くすんだ表札に篆書《てんしょ》で昭裳堂と書いてある。

　小沢が格子戸を引いた。開かない。

「まだ帰ってませんね」

「話が違うやないか」

　ここへ来る前に、私は平尾の家から昭裳堂に電話をした。矢野は不在だったが、留守番電話に、二時には帰宅するとのメッセージが入っていた。

「どうします、待ちますか」

「さて、な……」

　私はしばらく考えて、「よっしゃ、別行動をとろ。わしはここで矢野を待つし、おまえは洛秀画廊へ行って話を聞け」

「ぼくひとりで、ですか」

「何ごとも経験や。いつまでも先輩におんぶしてたらあかん」

「はあ……」

「ほな、早《は》よう行きなさい」

　小沢の肩を持って後ろを向かせると、彼はゼンマイ仕掛けの人形のようにとことこ歩き始めた。後ろ姿が四つ角の向こうに消えるのを待って、私も歩きだす。置物でもあるまいし、こんなところにじっと立っていられるか。さっき見当をつけておいた喫茶店でサンドウィッチでもつまむつもりだ。今日は朝から何も食っていない。

前方から自転車に乗ったスウェットスーツのちょび髭《ひげ》が走って来て、私とすれ違った。振り返ると、男は昭嶶堂の前に自転車を駐めている。矢野だ。私はひとつ舌うちをして踵《きびす》を返し、

「矢野伊三夫さんですね」

錠を外して中に入ろうとするスウェットスーツに声をかけた。

「あ、びっくりした。……何や、あんた」

「私、大阪府警の吉永《よしなが》と申しまして……」

「警察がわしに、いったい何の用や」

「それは、これから説明します」

「待った。その前に印籠《いんろう》や、印籠」

「ああ、手帳ね」

私は内ポケットから警察手帳を抜き出した。それを矢野は引ったくるように取り上げて、ためつすがめつし、

「吉永誠一、ええ名前やな」

「どうも……」

「姉ちゃん、おるんかいな」

「姉ちゃん？」

「姉やがな、姉」

「――いてます。五つ年上の」

「名前は」

「早苗《さなえ》」

「惜しいな。何で小百合《さゆり》にせんかったんや」

「…………」

「ところで、早苗姉ちゃんはあんたに似てるか」

「そら姉弟《きょうだい》やし、似てると思います」

「そうか。ほな紹介していらんわ」

私は一瞬のけぞった。刑事生活六年にして、こんな変人には会ったことがない。

「ほいであんた、わしに何の用や」

「画家の黒田理弘を知ってますね」

「やっぱり、それかいな。……わし、今朝のニュース見た」

「黒田さん、白骨死体になってたんです」

「焼く手間が省けて、ええがな」

あっは、は、と矢野は弾《はじ》けたように笑い、「刑事というのは、普通、コンビで動きまわるんと違うんかいな」

「出張費が不足してましてね」

「そういや、安月給やと聞くな」

矢野は戸を開けた。「立ち話も何やし、入りいな」

先に立って、私を中に招じ入れた。屋内は細長い土間が奥の坪庭までまっすぐ抜けてい、その土間に面して障子の部屋が縦に三つ並んでいる。坪庭の突きあたりは白い漆喰《しっくい》壁の土蔵、手前に風呂《ふろ》場と便所があるのは、典型的な京都の町家の造作である。

「今どき珍しい風情《ふぜい》のある家ですね」

社交辞令だ。維新の遺物のような黴《かび》くさい家、地縛霊の二、三十人もひそんでいそうな気配だ。

「借家やがな。住みにくうてかなわんけど、蔵のあるのが取り柄や。中に商品を収めてる」

矢野は土間から四畳半の部屋に上り、押入れから座ぶとんを出した。私は靴を脱ぐのが面倒で、上り框《がまち》に腰かける。

「矢野さん、ここはおひとりで」

「そう、ひとり。わし、嫁はんも子供もいてへんし、文字どおり天涯孤独の身や」

矢野は問わず語りに、父親が戦死したこと、昭和三十五年に母親がなくなったこと、その十年後に妹が病死したことを話し、これからも結婚する意志はないといった。

「人間いうのは欲の動物や。金、権力、食いもの、女、一所懸命になるのはええけど、子孫を残す欲だけは捨てなあかん。ただでさえ狭い地球にホモサピエンスという癌《がん》細胞が異常増殖してる。いっそのこと、ソ連とアメリカが大戦争おっ始めたらええのや。癌細胞が死に絶えたら、地球はまた一から出直せる。わし、お陰さんで五十年もむだ飯食わせてもろたし、人類がすべて滅亡するんやったら、喜んでお仲間に入れてもらうがな。……おっと、こいつは、あんたら刑事には危険思想と映るんかいな」

矢野は次から次によく喋《しゃべ》る。それも、京都人らしいおっとりした喋り方ではない。

「矢野さん、ご出身は」

「広島。おふくろが早《は》ように死んだんも、被爆したせいやろな。わしもちょっとは放射能浴びとるさかい、いつあの世からお呼びがかかるかもしれん。……で、そういうあんたはどこかいな」

「田舎は岡山です」

「そら、ええ。広島の隣やがな。わし、岡山の備前《びぜん》に、――」

これではいけない。矢野のペースで話していたら時間を浪費するばかりだ。

私はたばこを抜き出して咥《くわ》えた。

これは気がつかんことで、矢野が灰皿を持って来る。

「矢野さん、黒田さんとはどんなつきあいでした」

「ビジネスやがな、ビジネス。わしは画商やし、黒田はんは絵描きさん」

「そのビジネスの内容は」

「そうやな……年に百点は描いてもろたやろか」

「百点とはまた大変な枚数ですね」

私は耳を疑った。一年の実働日数を三百日と考えて、三日で一枚の絵が描けるものだろうか。

「そらあんた、本画は無理やがな」

「本画というのは」

「岩絵の具を使《つこ》うたほんまの日本画。……黒田はんに描いてもろたんは水彩の軸絵や。それをわしが掛軸に仕立てて、あちこちに卸《おろ》すんや」

矢野はぺろっと舌を出した。「ほれ、地方のデパートやディスカウントショップによう置いてるやろ、安物くさい赤富士とか虎の絵」

「そういや、見たことありますわ」

「あれ、けっこう売れるんやで。……何とか美術会理事、何の何がし先生作の秀品を、今回に限り半額の九万九千八百円で頒布《はんぷ》いたします、とかいうてな」

「しかし、そんな簡単に売れるんですか。……それがほんまに安いのか、美術品の価値基準は、我々素人には分かりません」

「そやし、この業界には年鑑という便利なもんがあるがな」

「電話帳みたいなぶ厚い本ですやろ。作家の名前と値段が何千と並んでる……」

「何千やない、何万や。その年鑑の出版社に、何の何がし先生は大枚の掲載料を払《はろ》うて自分の名前を載せてもらうんや。……もっとも、黒田はんの場合は、わしとディスカウントショップの元締めが折半で掲載料を負担してたけどな」

「それ、黒田さんは本名で」

「黒河内蒲舟という雅号を使《つこ》うてた。蕉楓会筆頭同人というふれこみや」

「そして、その年鑑を客に見せるんですね」

「そう。黒河内蒲舟の軸装尺五幅縦物には二十万円の値を付けといた」

矢野の口調と表情には後ろめたさのかけらもない。枚方の平尾が矢野のことを画商とはいわず、美術ブローカーといった理由が今分かった。詐欺、贋作《がんさく》、たかり、金になることは何でもやっているのだろう。

「こういうたら何やけど、あくどい商売やってはるんですな」

いうまいと思いつつ、つい口に出してしまった。

「ほう、けっこういうやないか」

蛙の面に小便、矢野はひょいと肩をすくめて、しかし気をわるくしたふうもなく、

「わしらみたいに拠《よ》って立つのれんも店もないふろしき画商が食うて行くには、多少の悪知恵も働かさないかんがな」

「矢野さんの稼業、そういう掛軸商法だけですか」

「通信販売もやってるで」

「何を売るんです」

「仏画や。グラビア印刷の仏画」

矢野は立ち上って、押入れから大きな段ボール箱を下ろした。中からLPジャケット大のハトロン紙の包みを抜き出して私の前に置き、紙を破る。それは金色のプラスチックの額縁に収められた観音像だった。

「あなたに幸せをもたらす不思議な絵、お店に飾れば大繁盛、絵画霊験の第一人者、ラビ・マリック師も推薦と、そんなキャッチフレーズで雑誌に広告をうつんや。代金は送料込みで九千円。例の霊感商法が問題になるまではよう売れたんやけどな」

街の発明狂——ふと、そんなイメージを私は矢野に抱いた。デジタルウォッチつきボールペン、折りたたみ式孫の手、他人から見れば何の価値もない滑稽《こっけい》な発明に彼らは寝食を忘れて没頭する。夢想のまにまに人生を送る発明狂と、右往左往するその家族。幼いころ、近所にそんな一家が住んでいた。借金のために離散したと聞く。

——と、そのとき、壁の時計がボーンと鳴った。矢野は時計を見上げて、

「えらいこっちゃ、もう三時やがな」

あたふたと奥の部屋へ走って、戻って来たときは、濃紺ダブルブレストのブレザーにハウンド・ツースのスラックス、クレリックシャツに煉瓦《れんが》色のドットタイをしめていた。淡く色のついたメタルフレームの眼鏡、軽くウェーブした髪をオールバックになでつけている。馬子にも衣装、外見だけは窓際商社員といった印象だ。

「パーティーですか」

「まあ、な」

「また出直します」

「それでは遠いとこから足を運んでくれはったあんたに申しわけない。いっしょに来たらええがな」

「しかし……」

「何ぼでも協力するで。こう見えても、わし、警察は嫌いやないさかい」

矢野は私の傍らに腰を下ろして靴をはく。ちょび髭《ひげ》の中に白いものが交じっている。

千本通で矢野はタクシーを拾った。四条烏丸《からすま》の京極デパートへ向かう。

「今日が稲陽《とうよう》社展の初日なんや」

「稲陽社というのは」

「画塾や、日陽会系の」

日陽会なら私も知っている。日展、院展、創画会と並ぶ日本画の公募団体だ。

「こういう挨拶《あいさつ》はこまめにしとかんとな」

「大変ですね、つきあいが」

「この業界はコネクションだけが財産やさかいな」

「黒田さんはどういう団体に属してたんです」

「いちおう、日陽会の会友やった」

「会友？」

「入選五回以上が会友と認められるんや」

「会友と会員は同じもんですか」

「それがあんた、大違い」

矢野は大げさに首を振って、「普通の企業でいうたら、会員は正社員、会友はパートのおばはん。春と秋の展覧会に、会員は無鑑査で出品委嘱《いしょく》されるけど、会友はそのたびに審査を受けなあかん」

「ほな、会友が会員に昇格するには」

「日陽会の場合、日陽会賞を三回受賞せんといかん。黒田はん、若いときに新人賞と奨励賞をもろただけで、とうの昔に出世は諦《あきら》めてたみたいやな」

「矢野さんは、何で黒田さんが殺されたと考えます」

「殺されたと決まったわけやないやろ」

「事故死や自然死の死体は竹林に埋めたりしません」

「しかし、刑事のあんたが素人のわしに、殺されたわけを訊《き》いたりしたら困るがな」

「あらゆる情報を集めて、そこから推論を導き出すのが捜査というもんです」

「さて、そいつは答えに窮するな」

矢野は上を向いてしばらく黙っていたが、ふっと思いついたようにこちらを向き、

「わしに考えられるのは、贋作の線だけやな」

「それは」

「もうかれこれ二十年前になるやろか、奥原煌春《おくはらこうしゅん》の贋作が西日本一帯に出まわった事件があってな、警察が黒田はんを調べたらしいという噂を聞いたことがある。黒田はんがほんまにその贋作グループの仲間やったら、そこらへんの揉《も》めごとにまきこまれたと考えられんこともないわな」

「ほう、それはおもしろいですね。……事件はどうなったんです」

「とどのつまり尻《しり》すぼみ。犯人も捕まらずじまいやったと思う」

黒田理弘の贋作事件関与について、京都府警の捜査担当者から情報をもらわねばな

らない。

車は四条大宮を左折した。四条通はかなり渋滞している。

「矢野さん、黒田さんの家族を知ってますか」

「絵をもらいに行って、奥さんとは何べんも会《お》うてる。おとなしい丁寧な人や。娘さん二人はとうに嫁にやった」

「黒田さんが丹後で行方不明になったと聞いたとき、どない思いました」

「代わりの軸絵の作者を探さなあかんなと、そう思ただけや」

矢野は窓の外に視線を移し、「よう混んどる。都大路は年がら年中この調子やで」耳をかきながらそういった。


京極デパート五階の美術画廊、矢野は受付に金一封と地階で買った菓子折を差し出し、芳名帳に名前をしたためて、

「枯木も山のにぎわいや。さ、遠慮せんと」

私にも書けという。

私はおずおずと筆をとった。吉永誠一——下手な字だ。習字は小学校以来、したことがない。

会場に入った。初日とあってか、ほぼ満員の盛況で、あちらこちらに談笑する人の

輪ができている。矢野は居あわせた作家の誰かれにまんべんなく頭を下げ、作品を褒《ほ》めあげる。その空虚な言葉と追従笑《ついしょう》いは素人の私にさえ白々しく映るが、相手の作家はまんざらでもなさそうに鷹揚《おうよう》にうなずいている。私は矢野から離れて、会場の絵を観《み》てまわることにした。美術鑑賞は本来好むところだ。

絵は約三十点、どれも百号以上の大作で、風景画が過半数を占めている。山、河、木洩《こも》れ日の小径《こみち》、茅葺《かやぶ》きの家、日本画特有の清澄《せいちょう》な表現。私の好きなヌードは一点もない。

ひとわたり会場を歩いて入口近くに戻ると、矢野が近づいて来た。そろそろ出ようという。

矢野に続いて受付の前を通ったとき、二人の男が受付の女性から白い封筒を受け取っているのを眼にした。

「こういう会では祝儀の領収証を出すんですか」

「あれは、そんなんやない」

矢野は片眼をつむって、「車代や。一万ほど入ってるやろ」

「車代……」

「あの連中、美術雑誌の記者なんや。ああやって小遣いを渡さんことには、どんなひどい評を書きよるか分からんし、金をもらうまでは何時間でも会場をうろうろしてる」

「要するに、たかりですか」

「回虫、さなだ虫の類《たぐい》やな」

——エレベーター前に立った。壁の表示は一階と八階を示している。

「あんた、家は」

「大阪の大正区。小《ち》っこい2DKのマンションです」

「独身かいな」

「嫁はん、いてます」

「名前は小百合さん？」

「照子《てるこ》です。矢野さん、吉永小百合のファンですか」

「神様、仏様、小百合様や。あの人はうんこなんぞせえへん」

「便秘で死にまっせ」

「あんた、早《は》よう帰り」

矢野はくるりと背を向けて、足早に去って行った。


「——と、そういうわけで、矢野は黒田の贋作《がんさく》疑惑を示唆《しさ》しよったんですけど、わし、案外、矢野もその贋作グループの一員やなかったんかなという気がします。画商の平尾もそんなことをいうてました」

「しかし、もしそうやったら、矢野は自分から贋作云々《うんぬん》を口に出したりせえへんやろ」

「裏をかいたつもりかもしれません。贋作の一件は、黒田の身辺捜査が進んだら、いずれにせよ我々の耳に入ります」

「よっしゃ、分かった。おまえ、明日《あした》も京都へ飛べ。矢野のアリバイと奥原煌春の贋作事件を追うんや。京都府警にはわしから協力依頼をしとく」

「了解、そないします」

いって、私は深町のデスクを離れた。窓際の自分の席に腰を落ち着けて、ぬるくなったインスタントコーヒーに口をつける。午後七時、小沢はまだ帰って来ない。

「誠やん、あの便所こおろぎはどないしたんや」

隣の文田が話しかけてきた。「いっしょに京都へ行ったんやろ」

「行った。……途中で別れたんや」

「かわいそうに。今ごろ祇園《ぎおん》あたりの交番で泣いとるぞ」

「ちんぽこに毛の生えた迷子がどこの世界におる」

私はコーヒーを飲みほした。「わしとしては、永遠に迷子でいてくれた方がええけどな」

「年端《としは》もいかんかわいい相棒をそんなふうにいうもんやないで」

「それはそうとブンさん、一泊旅行の収穫はあったんかい」

黒田理弘の墜落事故の詳細を調べるため、きのうから今日にかけて、文田は丹後町へ行っていた。

「あかんな。網野署の捜査員に話を聞いたけど、新事実はまったくなし。……経ヶ岬の崖《がけ》から下を覗《のぞ》いてみたら、海面まで二十メートル以上あった。あんな高いとこから落ちたら、ショックで気を失うし、よう泳げる者《もん》でも溺《おぼ》れてしまうがな」

「網野署の連中、現場検証の際に、他殺の可能性は疑《うたご》うてみんかったんか」

「もちろん、疑《うたご》うた。……けど、現場にそれらしい痕跡《こんせき》はなかったし、黒田が誰かといっしょにおったとこを目撃した人間もいてへん」

「転落死とみせかけた失跡いうのは」

「それも洗《あろ》うてはみたらしいけど、黒田には失跡の動機がなかった。生命保険も死亡時一千万の契約や」

「どうやら、経ヶ岬から事件を追うのは無理みたいやな」

いって、椅子にもたれかかったとき、音もなくドアが開いて、便所こおろぎが痩《や》せた半身をのぞかせた。

小沢はただいまのひと言もいわず、まっすぐ自分のデスクに歩いていって静かに腰を下ろした。どこか力なげなその動作が部屋の全員の注目をひく。

私は小沢の方に椅子を向けた。

「洛秀画廊、どんな具合やった」

顔を近づけて問いかけると、小沢ははっと我にかえったような表情で、

「室町のきれいなビルでした。一階が画廊で、二階が事務室、三階と四階は倉庫になってます。それと、東山区神宮道には、神宮洛秀画廊という第二画廊もあります」

「そんなこと訊《き》いてんのやない。訊き込みの内容をいえ」

「社長から事情を聴取しました。平尾のいうたとおり、洛秀画廊は黒田理弘に絵を注文してます」

「その注文は」

「二十号の絵を、年に五点です」

「取引といえるほどの数量やないな」

「つきあいです、と社長はいうてました」

「社長はどういう男や」

「熊谷信義《くまがいのぶよし》、五十七歳。高そうなべっ甲の眼鏡をかけた上品な人です」

小沢はメモ帳を見ながら、ぽつりぽつり話し始めた。

――熊谷信義は約三十年前、彼が三条河原町《かわらまち》の老舗《しにせ》画廊、彩雅洞《さいがどう》に勤めていたころから黒田理弘を見知っており、その二年後に独立して洛秀画廊を設立してからは、定期的に黒田理弘の作品を引き取るようになった。当時、黒田は日陽会新人賞を受賞した新進作家で、作品の売れ行きはよかった。

昭和四十二年、熊谷は画廊をそれまでの右京区草野大路《くさのおおじ》から上京区室町に移した。折からの美術ブームで日本画は飛ぶように売れ、三年後には木造二階建の画廊を四階建のビルに建て替えた。黒田の絵はそのころから市場性を失いつつあり、昭和四十八年の美術品大暴落で一挙に三分の一の値になった。以来、洛秀画廊は黒田との取引を打ち切ったが、五十二年になって再開した。黒田の作品の年鑑評価額は号あたり五万円、暴落時からほとんど高騰していない上に、昨年の事故死で市場価値は文字どおりゼロになってしまった。業者間の交換会でも引き取り手はない――。

「ぼく、これにはびっくりしたんですけど、画家が死んだら、その絵は値段が落ちるんやそうですね。その逆はほんの一部やと、熊谷氏が話してました」

「あほなこといえ。ゴッホやセザンヌは死んでから値打ちが出たんやぞ」

「そやけど、熊谷氏はそういうてました」

何をどう訊いて来たのか知らないが、小沢のいうことは頼りない。私はひとつ間をおいて、

「熊谷は矢野昭嶌堂のことをどう評した」

「あ、それは訊いてません」

「何やて……」

首がカクッと折れた。新米のひとり歩きはものにならない。

3

地下鉄烏丸線丸太町《まるたまち》駅を出て北へ二百メートル、下立売通《しもたちうりどおり》を西へ二筋入って京都府警本部に着いた。六階建、クリーム色の庁舎は大阪府警本部のそれよりひとまわり小さく、さほど厳《いかめ》しい感じはしない。

私と小沢はエレベーターで二階へ昇り、捜査二課の望月《もちづき》警部補を訪ねた。二十年前、奥原煌春贋作事件を担当した捜査員のうち、今は望月だけが本部二課に残っている。

望月は我々を地下の喫煙室に案内し、缶コーヒーをテーブルに置いた。

「さて、どこから話したらよろしいかな」

望月は灰皿を引き寄せ、たばこを吸いつけて切り出した。眉《まゆ》に白いものの交じった温厚そうな五十年輩の男だ。

「事件の概要からお願いします」

私は腰を引いて姿勢を正した。

「あれは煌春の遺族が、府警に摘発を願い出たんが発端《ほったん》でしたな。その二年ほど前から偽物が大量に出まわってたんです。当時の昭和四十五年は狂乱ともいえる美術ブームで、特に日本画はミソもクソも右から左へ動いたんやけど、中でも煌春の絵は市場でいちばん活発に動いてた。煌春は多作家やし、若くして世に出たから、生涯の制作点数は三千を超えてる。落款《らっかん》印だけでも二百種類以上あるところへ、同じような図柄の絵を何十枚と描いてる。その上、値段もそこそこ高いとなったら、偽物の出ん方が不思議ですわな。……わし、あのころはまだ三十になったばっかりで、贋作《がんさく》事件は初めて捜査したんやけど、アマチュアの客だけやなしに、プロの画商までが騙《だま》されることに驚いたもんですわ」

「望月さん、どういう捜査をしはったんです」

「訊き込みですな。贋作の流通ルートはいくつかあったんやけど、被害におうたコレクターや画商をたどって、元締めを突きとめましたがな」

「誰でした、それ」

「加賀谷《かがや》禄郎《ろくろう》という七十四のおじいで、山科《やましな》の旧家の当主でした。当時三百点ほど出まわってた煌春の贋作のうち、三割強が加賀谷の手許《てもと》から出てたんですわ」

「加賀谷の事情聴取をしたんですね」

「任意でね」

望月はたばこを揉《も》み消し、テーブル上で手を組んだ。細いプラチナの指環《ゆびわ》が左の薬指に食い込んでいる。「加賀谷、その贋作はみんなコピーやと主張しました。コレクションを一点ずつ模写させて、本物は銀行の貸金庫、コピーは邸《やしき》に飾るようにしたと、そういう言い分でした。それで、コピーが市場に出たわけを訊くと、来客にせがまれて頒《わ》けてやったといいよるんです。なるほど、うまい口実を考えたもんですわ」

「罪には問えんのですか」

「コピーには署名も落款も入っとらんのです。加賀谷の犯意を証明することは不可能でした」

「著作権法を適用できんかったんですか」

「検討はしましたけど、あのころはその解釈が曖昧《あいまい》でね……」

「加賀谷、たいした知能犯やないですか」

「わし、裏で糸を引いてるやつがおるとみましたな。その黒幕が模写絵に署名と落款を加えて、偽の鑑定書を添付しよったんですわ。……結局のところ、黒幕を特定するとこまでは行けませんでしたけどな」

「ということは、捜査は途中で打ち切り……」

「残念ながら、そういうことですわ」

望月ははにかんだような笑みを浮かべて、「美術とか古美術の世界には一種独特の秘密主義があってね、コレクターからも画商からも、贋作を掴《つか》まされたという被害届が出て来んのですわ。画商はプロとしての体面、コレクターは隠し財産や脱税の問題があって、そのことを明らかにしたがらへんのです。……本来、市場から贋作をなくそうと思たら、そうと分かった時点で燃やすなり切り刻むなりして処分するのが決定的な方法やし、煌春の遺族もそれを望んでたんやけど、処分に応じた関係者はひとりもなし。贋作といえども所有権は持ち主にあるんやから、強制することはできんのです。持ち主は贋作と知りつつ、煌春の絵を他の第三者に売りつけて被害をまぬがれ、その第三者もまた次の誰かに絵を押しつける。そうやって、贋作は永久に市場を流通し続けるわけですわ」

「まるでババ抜きですね」

「そう、まさにババ抜きです」

「ちょっとすみません、質問していいですか」

今までひと言も発しなかった小沢が口をはさんだ。「加賀谷の依頼で奥原煌春の絵を模写した人物は誰ですか」

そう、そのことを私も訊《き》こうと思っていた。

「吉井百合子《よしいゆりこ》という日本画家の卵でした」

と、缶コーヒーを口に運びながら、望月。「年は二十三で、岡崎の下宿にひとり住まい。まじめそうな、おとなしい娘さんやった。金閣寺前の古美術修復所で掛軸や襖《ふすま》絵《え》の模写のアルバイトしてたのを、加賀谷に見込まれて、そっちへ移ったというてました。吉井は加賀谷の言葉を真にうけて、仕事に精出したみたいでしたな」

「贋作者はその吉井だけですか。黒田理弘の名前は浮かんで来ませんでしたか」

　私が訊いた。望月はうなずいて、

「黒田の噂はいろんなとこで耳にしました。……さっき、煌春贋作の流通ルートは複数やというたけど、わし、吉井のルートは傍線で、本線は別にあると考えてました。それというのも、煌春の贋作には二つの種類があって、ひとつは吉井の模写。もうひとつは、いわゆるパスティッシュというやつで、これは煌春の鑑定者も判定に迷うほど出来がよかったんです」

「あの、パスティッシュというのは」

「贋作のうちで最も高度でやっかいな代物《しろもの》ですわ。例えば、煌春の技法、様式、画風を完璧《かんぺき》にマスターした贋作者が、たぶん煌春やったらこんなふうにするやろと想定して描いた絵です」

「そのパスティッシュを黒田が描いたんやないかと、望月さんは読んだんですね」

「蛇《じゃ》の道はヘビ、ですわ。火のないところに煙は立たず、二課の捜査は密告《タレコミ》や噂から始まります」

「黒田の事情聴取をしたんですか」

「してません」

「ほな、尻尾《しっぽ》は掴《つか》めずじまい……」

「残念ながら、そのとおり」

望月はにやりとした。「パスティッシュの完成度が高すぎたんです。コレクター間の取引では正式な鑑定に持ち込まん限り、それが贋作と分かることはないし、たとえ分かっても所有者はそのことを隠し通します。わしらの調べに対しても徹底して非協力。そんな調子で膠着《こうちゃく》状態になってるとこへ、府の建築局の汚職捜査が始まって、贋作の調べは中止。わしらの仕事は立件起訴するまでが勝負ですさかいな」

捜査二課が容疑者を取り調べ、家宅捜索に踏み切って新聞報道がなされるとき、事件は既に終っている。彼らの捜査は最後の最後まで水面下で進められる。事件が発生し、そこから動きだす我々一課とは正反対の捜査方式をとる。

「なるほど。今日はためになる話を聞かせていただきました」

私は一礼して、「参考までに、矢野伊三夫いう名前は捜査線上に浮かびませんでしたか」

「さあ、記憶にあらしまへんな」

「分かりました……」

腰を浮かしかけたところへ、

「ひとつだけ、後日談を話しときまひょ」

望月が腕組みをしていう。「吉井百合子、死にましたんや」

「は……」

「建築局の捜査に入ってふた月ほど経ったときやったか、京阪の七条駅で電車に飛び込んでしもたんです。ノイローゼのあげくの発作的な自殺ですわ。煌春の模写が師の住田《すみた》奎峯《けいほう》の耳に入って、吉井、絵描きの面汚しやと破門されたんです。所属してた画塾も退会させられて、日本画家として立って行く望みを断たれたんでしょうな」

「それ、自殺に間違いはなかったんですね」

「ふらふらと飛び込むとこを大勢の乗客に目撃されてます。自殺の半月前から近くの精神科に通うて薬をもろてたそうですわ」

望月は短いためいきをついた。「しかし、何にせよ、あと味のわるいことですわな」


府警本部を出て、昭嶽堂に電話をした。またテープのメッセージで、一時すぎに帰宅するという。私と小沢は西へ二十分歩いて笹屋町へ行き、釜《かま》めし屋で昼定食を食べた。山菜の釜めしに竹の子の吸物、わけぎのぬた、見た目は上品だが、味つけはやけに濃く、たいそうまずい。私が半分も食べないうちに、小沢はすっかり食べ終えた。痩《や》せの大食いとはよくいったものだ。

口直しに、喫茶店に入った。レモンティーを前に置いて、女性週刊誌を流し読む。痩身法《そうしんほう》や美容整形の広告が眼につくが、モデルはその必要のないべっぴんさんばかりだ。

「小沢、おまえ、体重何キロや」顔を上げて訊いた。

「五十二です」

「骨と皮やな」

と、そのとき、小沢の口がもごもご動いていることに気づいた。

「おまえ、ガムを嚙《か》んでるな」

「いえ、これは……」

「たとえその気はなくても、一枚どうですかと声をかけるのが友好的人間関係を保つこつやぞ」

「ぼく、胃下垂なんです」

「それがどうした」

「ぼく、食べたもんが時々口に上って来るんです」

「な、何やと……」

「山菜は消化がわるいみたいですね」

「おまえは牛か」

「兎《うさぎ》です」

「だれが干支《えと》を訊いた」

熱が出る。

午後一時、昭裳堂の前に来た。スウェットスーツ姿の矢野が自転車に油をさしている。私を振り仰いで、破顔一笑。

「よっ、今日は二人かいな」

「小沢といいます。以後、お見知りおきを」

私はサドルに手をおいた。婦人用のミニサイクルだ。

「ジョギング代わりですか」

「御苑《ぎょえん》のまわりを一周するんや。途中で缶ビールを一本飲むのが実に旨《うま》い」

いって、矢野は私と小沢を家に招き入れた。きのうと同じように、私は上り框《がまち》に腰かける。小沢はきょろきょろと屋内を見まわしている。

「さて、どういうご用件かいな」

矢野が座ぶとんにあぐらをかいて訊いた。

のっけからアリバイを聞きたいとはいいにくい。私は思いついて、

「画家が死んだら、絵の値段が下るというのはほんまですか」

「ほんまや。日本の近代作家に限っていうなら、ほぼ例外なく、そうやな」

「それはまた何でです。死んでその作品の数が増えへんとなったら、高騰するのが……

…」

「あたりまえやないかというんやろ。それは一面では正しいけど、経済原理には必ずしも則《のっと》ってへん」

「どういうことです」

「仮に、物故作家の値が……」

「ブッコサッカ、いうのは」

「死んだ作家のこと」

矢野は座ぶとんに指の油をなすりつけながら、「物故作家の値がみんな上ると考えてみ。……明治、大正、昭和、平成、次から次へ生産されて市場に蓄積し、かつ高騰し続ける莫大《ばくだい》な量の絵をいったい誰が買い支えるんや。どこにそんな巨大資本があるんや。絵というのは食料や消費財と違《ちご》て、いったん生産されたら半永久的に残るもんなんやで」

「何となく分かります。その、つまり、間引きをせんとあかんのですね」

「そう。それも思いきり大胆な間引きを、な」

「間引きの対象になるのはどういう作家です」

「一部例外はあるけど、多作家やな。それも、若いうちから名の売れた多作家。彼らは生涯に何千点という作品を世に送り出してるから、当然そこには類似性が生じるし、飽きられもする。時代の流れ、生活様式の変化とともに客の好みも変わる。煌春、栖《せい》鳳《ほう》、雅鳳、玉陵、関雪……広い長期的視野で見るとき、物故作家の絵が風化し、評価が薄れるのは必然の結果やし、こうして順繰りに各時代の人気作家が消えて行くことで、あとに続く作家が画壇の飯を食えると、こういうわけやがな」

この男、かなり切れる。私は矢野を見直し始めていた。饒舌《じょうぜつ》、浮薄《ふはく》、厚顔《こうがん》、仮面の下の本質に意外な怜悧《れいり》さを感じる。

「けど、値段の上る画家もいてるんでしょ」

「そら、中にはな」

「例えば……」

「青木繁《あおきしげる》、松本竣介《まつもとしゅんすけ》、速水御舟《はやみぎょしゅう》、村上華岳《むらかみかがく》、夭折《ようせつ》した寡《か》作家とか、異色異端の画家や」

「ほな、そういう画家の絵を安う買《こ》うて……」

「家に飾っといたら、金儲《かねもう》けになるといいたいんやろ」

矢野はちょび髭《ひげ》をなでながら、ククッと笑った。「そうはイカのキンタマ、タコのイボや。ま、やめとき。そういう僥倖《ぎょうこう》は宝くじにあたるより難しい」

「矢野さん」

突然、小沢が口をきいた。「去年の八月七日、どこで何をしてました」

「へ……」矢野の訝《いぶか》しげな顔。

「去年の八月七日です。どこで何をしてました」

小沢は身を乗り出すようにして言葉を重ねる。何ともはや直截《ちょくせつ》な質問で、私は照れ笑いを浮かべる他にすべがない。

「あんた、それ、黒田はんが丹後で海に落ちた日と違うんかいな」

「そうです」

「こら驚いた。アリバイ調べやがな」

矢野は肩をすくめる。

「正直に答えて下さい」

「そうはいうてもやな……」

矢野は額に手をやってしばらく考え、ひょいと立ち上って隣の部屋に消えた。

「おまえ、えらい効率のええ込みをかけるやないか、え。出世が早いぞ」小声でいうと、

「ありがとうございます」

小沢は嬉《うれ》しそうに応《こた》える。まるで分かっていない。

矢野が戻って来た。大判のデスクダイアリーを繰って、去年の八月七日は和歌山県湯浅へ出張したという。

「内海《うつみ》の網元や。ちょっとつきあいのあったおじいが亡くなって、所蔵品を換金した

いというから、値付けをしに行ったんや。軸やら骨董《こっとう》やらいろいろあったけど、どれも二束三文のがらくたばっかり。とてもやないけど商売にはならん。わしの扱《あつこ》うた小品だけでも引き取れというし、仕方なしに売り値の一割の値を付けたら、長男の嫁がえらい怒りだしてな、詐欺や騙《かた》りやと喚《わめ》きよる。更年期のおばはんはかなわん」

「網元の名前は」と、私。

「荒川清治郎《あらかわせいじろう》。……わし、七日の朝に京都を発《た》って、その日の晩に帰って来た」

矢野の口調に嘘は感じられないが、裏は取らなければならない。これから湯浅へ向かえば、日暮れ前には着くだろう。

「さて、我々はこの辺で……」

膝《ひざ》に両手をあてた。

「あれっ、もう帰るんかいな」

「いろいろと忙しいんでね」

「きのう、わしのいうた奥原煌春の贋作《がんさく》事件、調べてみたんか」

「いちおう、あたってみようとは思てます」

「わし、デパートであんたと別れてから、ひとつ言い忘れたことに気がついたんや」

「何です」

「確か、去年の七月やったと思うけど、勧業館で開かれた展示即売会に、煌春の贋作がいっぺんに十点も出品されてな、……組合の鑑定委員のいうには、二十年前に出まわったのと同じ手の贋作やということやった」

「ほう、それは耳よりな話ですね。出品者、誰でした」

「大阪の仁仙堂《にせんどう》。美術商の登録はしてるけど、実態は美術年報社という年鑑屋や。……煌春の贋作は仁仙堂が持ち帰りよった」

「どこです、その仁仙堂」

「調べに行くんかいな」

「靴底減らすんが我々の稼業です」

湯浅へ行くのは明日《あした》でもいいだろう。

「ほな、わしもつきあう」

「は……」

「わし、美術年報社に用があるんや」

矢野は立って、スウェットスーツを脱ぎ始めた。

私は矢野を同道することの是非を考える。単なる好意か、それとも捜査状況を探ろうとしているのか、これを機会にやつの本性を見定めるのもいいだろう。

――御堂筋《みどうすじ》。お初天神の手前の通りを東へ入った。しゃぶしゃぶ、てっちり、鮨《すし》、うどん、派手な看板が何層もの補修跡の重なる道路にせり出して、大小の料理店がひしめいている。開店時間にはまだ早いのか、ところどころの店前に薄汚れた大型バケツ。生ごみの饐《す》えた臭いが鼻を刺す。

「わし、大阪へはよう来るんやで。こっちの客は、山水より、賑《にぎ》やかな花や戎《えびす》さんの軸を好むんや」

「大阪の客は値切るでしょ」

「確かに、値切る。……けど、いったん話が決まったら、さっぱりと金払いがええ。わし、大阪好きやで」

矢野は上機嫌で足早に歩く。歩幅が小さいから、速さは私や小沢と変わらない。

美術年報社は、一階が中華料理店の、古びたモルタル塗りの建物の二階にあった。ぎしぎしと軋《きし》む急傾斜の狭い階段を、矢野、私、小沢の順で上る。天井の蛍光灯が外の明るさに慣れた眼にはずい分暗い。

二階、右の壁際に「美術年報」と印刷された段ボールが山と積まれており、その箱の切れ間に黒い板貼りのドアが隠れていた。美術年報社、仁仙堂、と小さな二枚のプレートが貼り付けられている。

矢野はノックもせず、ドアを押し開けた。

「こんちは。社長、いてはりますか」

すよ」

「あ、昭嶶堂さん」

奥のソファに坐《すわ》っていた白髪の男がこちらに向き直った。「あいにく、不在なんで

「十五日は会社にいてると聞いたんですけどな」

「そう、そのはずだったんだけど」

いって、男は小さく息をつき、「ま、こちらへ」と手招きする。

十坪ほどの事務室内は、五脚のデスク、ファイリングケース、応接セット、コピー、ファクシミリなどの事務機器がいっぱいに詰め込まれ、そこへ書類や資料か堆《うずたか》く重なって、これ以上ない窮屈さ。五脚のデスクのうち三つにセーターやブルゾンの社員が陣取って、それぞれ仕事に余念がない。

私たちは通路を縫って奥へ進み、ソファに腰を下ろした。

「あの、こちらさんは」

「刑事さんですわ、大阪府警の」

矢野は私と小沢の名前をいい、白髪の男を美術年報社の専務、猪原省三《いはらしようぞう》と紹介した。猪原の年は五十前後、皺《しわ》深いせまい額と前に突き出した口は、猪より猿を想起させる。

「それは、それは、早速お越しいただいて、ありがとうございます」

我々を刑事と知って、猪原に驚いたようすはない。「で、新しい情報は入りましたか」

「情報？」と、私。

「調べてくれているんでしょ、社長の居どころ」

どこか話がかみあわない。

「社長の行方が分からんのですか」

「はあ、そうですが……」

猪原は呆《ほう》けたような表情で、「刑事さんは茨木署《いばらき》じゃないんですか」

「府警本部です」

「どうやら、勘違いをしたようですね」

猪原は白い髪をひとかきして、事情を話し始めた。

――五月十二日、美術年報社の社長、細江仁司《ほそえひとし》は出社しなかった。これといった仕事や会議のない場合、細江が断りなく休むことは再々あった。

翌十三日、午前十時の編集会議にも細江は現れず、十一時になって猪原が自宅に電話をしたところ、家人は、細江が十二日の昼前に家を出たきり、帰って来ないと答えた。当人から連絡もなく、心配しているという。

電話を切った猪原は心あたりの編集プロダクション、ライター、印刷所などに細江の行方を問い合わせた。消息は摑《つか》めず、その日の夜も細江は帰宅しなかった。

十四日、猪原は茨木市南春日丘の細江家を訪れた。細江の妻、佐枝子《さえこ》を伴って茨木署へ行き、細江仁司の失跡について相談した。その結果、十五日まで待って細江から連絡のない場合、正式な捜索保護を願い出ることに話がまとまった――。

「十二日の朝、社長はどういう格好《なり》で自宅を出たんです。……どこか旅にでも出るようなようすはなかったですか」

「奥さん、いつもと同じスーツ姿だったといってましたね。細江は車で社へ通っているんです」

「車種は」

「ベンツです。白の560SEL」

「いつも、どこへ駐《と》めてるんです」

「新御堂筋沿いの月極《つきぎめ》駐車場です」

「そのベンツも、社長といっしょに消えたんですね」

「はい……」

ふと横を見れば、三人の社員が仕事の手を止めてこちらを向いている。じっと聞き耳を立てていたのだ。私が小さく首を振ると、社員たちはデスクに視線を戻した。

「昭嶪堂さん、あなた、細江から十五日に社へ来てくれといわれたのかな」

猪原が矢野に訊《き》いた。矢野はうなずいて、

「社長はんに電話したんは八日ですわ。わし、一週間後に伺いますというたさかい」

「用向きは」

「新人をひとり売り出したいと思いましてね」

「じゃ、少なくとも八日までは、細江に失跡する意志はなかったんだ」

猪原はソファに深くもたれかかって嘆息する。

「猪原さん、社長の失跡に思い当るふしはないんですか」と、私。

「そりゃあ刑事さん、うちはジャーナリズム稼業だから」

「ジャーナリズムというのは」

「年鑑の他に、美術時評という月刊誌を出しているんです」

「記事の内容は」

「特集、トピックス、各種展覧会の状況報告と批評、画壇の動向、オークションの結果、作家近況……といったところですか」

「特集や批評では当事者の恨みを買うこともあると？」

「時には肺腑《はいふ》をえぐることも書きますよ」

「社長は誘拐されたかもしれん、どこかで冷とうなってるかもしれん……そんなケースも考えられるというわけですな」

「そこまで考えちゃいませんがね」

「茨木署には責任を持って対応するよう、本部からも口添えしときます」

口には出したものの、その気はまったくない。

「刑事さんはどういう用件でこちらへいらしたんです」

猪原は不満げにそういい、矢野を一瞥《いちべつ》して、「まさか、昭嶽堂さんの付き添いじゃないでしょうね」

「猪原さん、画家の黒田理弘の死体が見つかった事件、知ってはりますね」

「むろん知ってます。竹の子が掘り起こしたんでしょう」

「わしら、その事件を捜査してるんです」

「うちは黒田氏との関係はないはずですがね」

「実は、仁仙堂の関連で、二、三お訊きしたいことがありまして」

私は足を組んだ。「仁仙堂は猪原さんが責任者やそうですね」

「いちおう、私の名で組合に登録しています」

「去年の夏でしたか、京都の勧業館《かんぎょうかん》に、――」

私は矢野から聞いた煌春の贋作出品の話をし、持ち帰った絵の所在を訊《たず》ねた。猪原はとぼけた顔で、煌春の絵が贋作だとは知らなかったといい、その処理は細江に一任したと語った。絵を預った画商の名はことの性格上、明かせないと抗弁する。

「――しかし、なぜ刑事さんが煌春を調べるんです」

「煌春の贋作者は黒田理弘やないかという情報があるんですわ」

「いえませんね、画商の名は。口が裂けてもいえません」

「それがしきたりですか」

「仁義です」

猪原は何といわれようが喋《しゃべ》らない、と口をへの字にする。私はそれ以上追及することを諦《あきら》めた。話題を変える。

「美術年報社の事業内容は、年鑑の出版と雑誌の発行、美術品売買の三本柱ですか」

「そう考えてもらってけっこうです」

「社員は何人です」

「細江社長を含めて七人。今日は二人が取材に出ています」

どうせ、どこかの展覧会を覗《のぞ》いて、お車代をせしめているのだろう。

「忙しそうで、けっこうなことですな」

「社長の消息が分かればね」

猪原は大儀そうに上半身を起こした。窓の外に眼をやって、「そろそろ日暮れですな」

誰にともなくそう呟《つぶや》く。もう帰ってくれという意思表示だった。

4

「何や、あの猪原の猿。茶の一杯も出しよらんかったがな」

「刑事を付け馬にしたりして、これから年報社には出入りしにくいですね」

「そんな心配はさらさらない。あいつら、金だけが目あてやし、これは金になるとなったら、マンホールの蓋《ふた》にでも尻尾《しっぽ》振りよる」

矢野は平然と言い放ち、小沢の肩をぽんと叩《たた》いて、「さて、腹も減ったし、喉《のど》も渇いた。ちょいとそこらでてっちりでも食おか」

「あれは冬の食いものやないんですか」

小沢がいちいち相手をする。

「何をおっしゃるうさぎさん、夏ふぐは蚊帳《かや》を質に入れてでも食えというやないかいな」

聞いたことがない。

「おっと、ここがええ」

いうなり、矢野は小沢の腕をとって、通りかかったふぐ料理店ののれんをくぐってしまった。とめる暇《いとま》もない。

私たちは二階の座敷に腰を落ち着けた。壁の品書きには値段が書かれていない。凝った部屋の造作からも、かなりの高級店らしいことが見てとれる。

おしぼりを使いながら、私は懐具合を計算した。たぶん、四万円はある。クレジットカードは持っておらず、小沢の懐はタイガースの優勝よりあてにならないが、割勘なら払える。

「持ち合わせが少ないんで、注文は抑えて下さい」

「あんた、金を出すつもりかいな」

「他人におごられるのは好きやないんです」

「わしは大好きやで」

矢野は仲居を呼び、飲み物と料理を頼んだ。

「あの、矢野さん」

小沢がいう。「ふぐは、消化はいいんですか」

「さあ、どうやろ……わし、そんなこと考えて食うたことない」

「湯引きは食うなよ。あれはゴムみたいや」

と、私。また反芻《はんすう》されてはかなわない。

矢野は上着を脱ぎ、ネクタイを弛《ゆる》めた。

「美術年報社、わしがいうのも何やけど、えげつない商売しとるんやで」

「確かに、そんな感じはしましたな」

猪原といい、三人の社員といい、堅気《かたぎ》のにおいはしなかった。

「まず第一に、美術年報という年鑑や。およそ、年鑑類に掲載された評価額ほどあてにならんもんはないし、本来、年鑑類の目的は作家にたかって金をむしり取ることにある」

「作家にたかるて、どうやって……」

「年鑑類は発行部数も少なく、売れ行きも大したことない。基本的な収入源は賛助金の名目で作家や画商から徴収する掲載料なんや。美術年報社は一口二万円。むろん、賛助金を払う義務は作家にはないけど、逆に何口払《はろ》うてもええわけやし、そうしたら評価額を高《たこ》うしてくれる。そやし、ほんの一部の超一流を除いて、大家といわれる連中ほど年鑑出版社には頭が上らへん。賛助金の代わりに作品を進呈することもある」

「ほな、年報社はその作品を、仁仙堂を通して売ったりもするんですか」

「正解。どうやら構図がのみこめてきたみたいやな」

矢野はちょび髭《ひげ》をひとなでして、「美術時評の方でも、作家に、表紙絵を描いてくれとか、写真を撮るから絵を預らせてくれとか、そんなふうにいうて作品を集める。集めた作品は返却せず、いつの間にやらうやむやにしてしもて転売する。それで作家が文句をつけたら、年鑑と時評で徹底的に叩く。哀れ、作家は泣き寝入りと、こういうからくりや」

「盗《ぬす》っ人《と》商売とはそのことですな。……いや、もっと質《たち》がわるいかもしれん」

「質はわるいけど、頭はええ」

そこへ、ビールとつき出し、てっさが来た。仲居が鍋《なべ》をコンロにのせて火を点《つ》ける。

「さ、一杯いこ」

矢野は私と小沢の前にグラスを置いてビール瓶を持つ。私はグラスを伏せて。

「勤務中です」

「誰も見てへんがな」

「神さんが見てます」

「あんた、これかいな」

矢野は胸の前で十字を切る。

「そやないけど、……いわば矜持《きょうじ》です」

「障子は破れるもんやで」

ぽつりと呟《つぶや》いて矢野はそれ以上勧めず、自分のグラスにビールを注いでひと息に飲みほした。

「ふーっ、旨《うま》い。めちゃくちゃ旨い」

嫌味な言い草だ。

私は箸《はし》を割って、てっさを口に運んだ。こりこりした歯ごたえ、淡い甘味にぽん酢がからんで、これはやはり刺身の王様だ。小沢はてっさを透かして見たりしながら、一枚ずつもそもそ食べている。

「盗っ人商売で思い出したけど、年報社は『サロン・ド・ルーブル』いう集金団体も主宰しとるで」

唇の泡をなめて矢野がいう。「いちおう美術公募団体や。日展や院展に初入選したような作家ともいえん作家にダイレクトメールを送りつけて、『あなたはこのたびサロン・ド・ルーブルの会員として推挙されました。御入会いただければ、毎年、ドゴール記念センターで開催されるサロン・ド・ルーブル展に出品することができます』と、この調子や。賞は、サロン・ド・ルーブル大賞とか、それらしいカタカナのが五つ、六つ書いてあるけど、賞金なんぞないし、受賞作を買い上げてくれるわけでもない。出品料は一点につき十万円。おまけに、会費として毎月一万円を納めないかん。まさに、ふんだりけったりのシステムやけど、初入選で舞い上ってるところへ会員推挙とくるから、作家も画壇デビューが果たせたと勘違いする。で、ついつい入会してしまうんや」

「そういうからくりが分かってるんやったら、矢野さんも作ってみたらどうです……サロン・ド・ルイとか、アントワネットとか」

「安物の美容院やないで。わしゃ、作家を食いものにはせん」

「食うのは客だけですか」

「あんたもいいたいことというな、え。わしはパチンコ屋のおっさんや成金医者から、脱税した金の分け前をもろとるだけや」

「猪原は、仁仙堂に煌春の贋作《がんさく》を持ち込んだ画廊の名前を明かさんかったけど、調べる方法ありませんか」

「この業界は作品の入手先や売却先を明かさへんのが常識やし、掟《おきて》やさかいな。……けど、突きとめる方法《すべ》はないこともない」

「それは……」

「村上敦《むらかみあつし》いうて、今年の初めまで仁仙堂の営業をしてた男がいてる。猪原とけんかして辞めよったらしいし、村上に訊《き》いたら喋《しゃべ》るかもしれんな」

「村上敦の住所と連絡先は」

「知らん。調べるのはあんたの商売やろ」

矢野は箸を置き、両手を後ろについて上体をあずけた。

「わし思うんやけど、細江の失跡は黒田はんの死体が見つかったことに関係があるのと違うかな。……死体発見が五月の十日、細江の失跡が十二日。身元の判明する前に姿をくらましたとは考えられんか」

「もちろん、その可能性は頭にありました」

と、私は咄嗟《とっさ》に応じたが、実はごまかしで、いま矢野にいわれて初めて気がついた。なるほど、そういう読みもできるのだ。細江仁司の失跡、逃走、殺人、死体遺棄、動機、アリバイ——言葉が次々に浮かんでは消える。もつれた糸の一端を、私は探りあてたのかもしれない。


——電話。

眼が覚めた。手を左に伸ばしたが、デコはいない。もう仕入れに出かけたのだろう。ひとつ頭を振ってベッドを降り、明かりを点けた。午前六時十分、居間に入って壁の電話をとる。

「吉永です」

「誠やんか」

年寄りくさいだみ声は川島だった。「すぐに出てくれ。車が見つかった」

「車て……」

「ベンツや。細江のベンツ」

「ほんまですかいな」

美術年報社社長、細江仁司失跡の事実を帳場に報告し、近隣各府県警にベンツのナンバーを手配したのはついきのうの晩だ。それがもう発見されたという。

「金沢や。細江のベンツは兼六園球場脇の道路に乗り捨ててあった。金沢中署の交通課が駐車違反の処理をしたんや」

「石川県警から連絡が入ったんですな」

「そう。ベンツは十三日の朝から現場にあったらしい」

「了解。五分で出ます」

電話を切って、一服吸いつけた。本格的に覚醒《かくせい》する。

咥《くわ》えたばこで寝室に戻り、あっちの箪笥《たんす》、こっちの抽斗《ひきだし》をひっかきまわす。デコのショーツがあったので匂いを嗅《か》ぐと、少し勃起《ぼっき》した。健康だ。

トーストを一枚とハムエッグ、ポテトサラダ、牛乳を二杯飲んで家を出た。五分で出ます、が三十分経っている。仕事に盲従する人間は大成しない。

川島は帳場で私を待っていた。他の連中はまだ来ていない。

「遅かったな」

「ひと電車、乗り過ごしまして」

「金沢へは車で行け。名神吹田《すいた》から米原《まいばら》経由で北陸自動車道や。ちゃんとレシートを残しとけ」

「そらまた、どういうわけで」

「ベンツの車内に高速道路のレシートがあったんや。同じルートを走ってみい」

「鑑識の連中は」

「もう先に出た」

「ひとりで行くんですか」

「小沢といっしょや」

——そこへ、当の小沢が現れた。ぼさぼさの頭、眠そうな眼、小沢ははるばる伊丹《いたみ》から電車を乗り継いで富田林の帳場へ来る。片道二時間以上かかるから、少なくとも私より一時間は早起きだ。

「誠やん、早《は》よう出んと、車が混むぞ」

川島がデスクの抽斗からキーを取り出し、放って寄越した。

——車は署の裏の駐車場に駐《と》められていた。フロントバンパーの歪《ゆが》んだ赤のサニー、下まわりに錆《さび》が浮いている。

「小沢、運転せい」

「ぼく、免許持ってません」

「何やと……」

一瞬、眩暈《めまい》がした。北陸、能登半島の付け根まで、ひとりで運転しろというのか。

気をとり直し、ドライバーズシートに腰を下ろした。小沢は後ろのドアを開けてリアシートに坐《すわ》ろうとする。

「こら。どこに坐るんや。おれはおまえのショーファーか」

いちいち腹が立つ。

富田林から近畿自動車道で吹田、名神高速道路に入った。朝の通勤ラッシュ、反対車線は数キロにわたる渋滞だ。車載のラジオはAMだけで、どの局もつまらない。

――京都インターを過ぎて、大津にさしかかった。隣の小沢がこっくりこっくりし始める。さて、この不作法をどう処罰すべきか……。

ワッといって驚かす――ばかばかしい。

顔に墨を塗る――幼稚だ。

眼鏡に赤いセロファンを貼って、「火事だ」という――セロファンがない。

鼻の穴にたばこを差す――汚い。

トイレ休憩をしない――こちらが洩《も》らしてしまう。

懸命に頭をしぼった末に、結局、妙案はない。いまいましい。

栗東《りっとう》、八日市、彦根《ひこね》を走り抜け、米原ジャンクションから北陸自動車道に入った。琵琶湖《びわこ》東畔、神田パーキングエリアを過ぎて、山が後退し、視界が大きく広がる。ガードレールの向こうは見渡す限り緑の田と畑だ。空は高く、雲はきらきらと白い。この金沢行きが仕事ではなく、隣にデコがいればどんなに心が浮き立つだろう。便所こおろぎは大口をあいていぎたなく眠りこけている。

腰が痛くなってきた。もう三時間も走りづめだ。刀根パーキングエリアに入って車を停める。小沢はまだ起きない。

たばこを吸いつけ、灰を小沢の口に落としてやった。小沢はむにゃむにゃいって灰を舐《な》めとる。

「こら、起きんかい」

「はっ……着きましたか」

「着いた。兼六園球場脇の駐車場や」

「トラックばっかりですね」

「あほたれ」

吐き捨てて車外に出た。首をまわし、伸びをする。三十を越えて、肩が凝るようになった。これからは坂をころがるように体力が落ちていくのだろう。

トイレで小便をし、休憩所で紙コップのインスタントコーヒーを買った。案の定、まずい。

たばこを一本吸い、休憩所を出た。

――刀根から敦賀《つるが》、福井、加賀、小沢はもう眠らなかった。珍しく自分から、尻取《しりと》りをしましょうなどといいだし、私も退屈しのぎにつきあった。小沢は意外に語彙《ごい》が豊富だった。

釣り、リス、掏摸《すり》、陸、栗、理科、狩り、律義、義理、利子、尻《しり》、利害、錨《いかり》、リクエスト、鳥、林間学校、瓜《うり》、リトマス試験紙、心理……。

「こらおまえ、汚いぞ。さっきから『り』ばっかりやないか」

「これが尻取りに勝つ秘訣《ひけつ》です」

「おもろない、やめじゃ」

「ほな、尻取り歌合戦しましょ」

「おまえは保母さんか、ユースホステルのレクリエーションリーダーか」

またいらいらしてきた。

北陸自動車道を金沢西インターで降り、県道を東へ入った。犀川《さいがわ》を越えて、香林坊《こうりんぼう》から金沢城址《じょうし》、北陸の小京都は街並みにしっとりとした落ち着きが感じられる。金沢中警察署は金沢城址の南、県警本部のすぐ隣にあった――。

「きのうの夜、九時ごろでしたね、県警本部から電話があって、中署の処理した駐車違反車が大阪府警から手配されていると聞いたんです。それでわし、一人連れて現場へ走りました。球場脇の道路に白いベンツがぽつんと一台だけ駐まってました」

捜査一係の大杉巡査部長が私の質問に答える。大杉たちは駐車現場附近の簡単な捜索と訊《き》き込みをし、コンビニエンスストアの店主から、ベンツが十三日早朝からそこに放置されていたという情報を得た。そして捜索終了後、レッカー車でベンツを中署まで運び、ドアのロックを外して、車室内とトランクルームを調べたという。

「その細江仁司というのは、白骨事件の参考人なんですか」

「参考人というほどの強い嫌疑はないんですけど、失跡の日にちが妙に気になりましてね。……ベンツ、見せてもらえますか」

「こっちです」

大杉は先に立って、私と小沢をガレージに案内した。ガレージには先着した府警の鑑識課員、久保田と長谷川がいて、ベンツの指紋採取を行っていた。

「どないです、めぼしいもんありましたか」

後ろから長谷川に声をかける。長谷川は振りかえって、

「特にあらへんな。車内に荒れたようすはないし、もちろん血痕《けっこん》なんぞない」

「高速道路のレシートがあったと聞きましたけど」

「そこや、その中」

私は指紋の付かぬよう、手にハンカチを巻いてダッシュボードを開けた。中から十

数枚のレシートを取り出し、助手席のシートに並べる。日本道路公団発行の領収書のうち、最も新しいものは五月十三日付で、料金は五千八百円、料金所は金沢西、となっていた。川島から聞いたとおり、細江は名神吹田から金沢西まで高速道路を利用したのだ。

「細江、金沢に知り合いでもおるんですかね」小沢がいう。

「おったら、その知り合いのガレージに車を駐めるはずや」

私はレシートを集め、ダッシュボードに戻した。

一係刑事部屋で、私は美術年報社に電話をした。猪原省三に金沢在住の細江の知人を問い合わせると、二人の画商の名が返ってきた。私と小沢は手分けして、その訊き込みにあたることにした。

サニーを運転して金沢中署を出た。信号待ちのとき、腹がクーと鳴って、そういえば昼飯を食ってないことに気づいた。私は通りかかった銀行の駐車場にサニーを駐め、向かいの蕎麦屋《そばや》に入った。日替り定食は炊き込みご飯とかけ蕎麦《そば》に筑前煮《ちくぜんに》がついて、これはなかなか旨《うま》かった。

――玉川町、専売公社金沢支局の一筋北に東斉画廊はあった。前面だけに鉄釉《てつゆう》タイルを貼った三階建のビル、経営者の長坂良夫《ながさかよしお》は画廊奥の事務室でうたた寝をしていた。

「――そう、細江社長には長い間会ってませんね。去年の現美展の懇親会場で立ち話をしたきり、もう一年以上になるでしょう。——ええ、電話もありません」

「細江さん、何で金沢に来たんですかね。土地鑑があるんですか」

「それはあったでしょうね。金沢美術倶楽部《クラブ》では定期的に交換会も開かれてますから」

「美術倶楽部というのは」

「美術商協同組合です。これは東京、名古屋、大阪、京都、金沢の五都市にあって、通称、五都会といいます。現美展は五都会の主催です」

「細江さん、この金沢に知り合いはいてますか」

「そうですね……私の知る限りでは、本多町の三軌堂さんくらいでしょうか」

三軌堂には小沢が行っている。

「分かりました。突然押しかけまして、どうも」

一礼して立ち上った。もう訊くことはない。

「ちょっと刑事さん」

呼び止めるように長坂がいう。「細江社長は何をしたんですか」

「何をした、て……」

「刑事さんは細江社長を追ってるんでしょう」

「別に犯罪者として追うてるわけやありません」

適当にいなして、事務室を出た。画廊の壁に掛かっている絵は四号ほどの小品ばかりだが、どれも七十万、八十万の値がついている。こんな高い絵が売れるのだから、世の中は広い。

「——ほんで誠ちゃん、そのベンツ、どないしたん」

デコが飛車先の歩を突いてきた。

「いちおう鑑識の調べは終ったし、美術年報社の社員がキーを持って金沢まで引き取りに行くことになった」

私は同歩と払う。

「年報社の社長、やっぱり逃げたんかな」

同銀、とデコ。

「どうやら、その可能性が強うなってきたな」

私も同銀として、「今まで調べた限りでは、細江に失跡の理由はないし、黒田事件の絡《から》みで姿をくらましよったというのが帳場の意見や」

「誰かに誘拐されたとは考えられへんの」

デコは銀を角で取った。「王手」

「何や、角がきいてたんか」

合駒に銀を打った。「誘拐いうのは考えにくいけど、ま、ないことはない。……今晩中に、ベンツから採った指紋の照合をするし、その結果でより詳しい判定ができるやろ」

「細江社長、指名手配せんとあかんね」

「それはまだ早い。細江のアリバイや身辺をじっくり洗わないかん」

「けど誠ちゃん、お手柄やないの。社長が怪しいと最初にいいだしたん、誠ちゃんやろ」

デコは合駒の銀を払って成り込んだ。私は同金。と、デコの飛車がまっすぐ走って私の桂馬《けいま》を取り、龍《りゅう》になった。おまけに王手だ。

「待った。これはまずい」

「あかん、待たへん」

「こんなもん、勝ち目があらへんやないか」

「ほな、投了し」

「な、頼む、待ってくれ」

「こら誠一、そんな甘い了見で世の中渡って行けると思てんのか」

「そやかておれ、もう小遣いあらへん」

デコとの勝負には大金がかかっている。負けた方がブタの貯金箱に五百円玉を二個入れるのだ。これを称して、ニコニコ貯金という。

「大の男が泣きごというんやないの」

「あ、あかん、急に眩暈《めまい》がしてきた」

私はふらふらと立ち上って寝室に入り、ベッドにもぐり込んだ。

都合のわるいときは寝る——これが私の処世訓だ。

5

五月十七日、帳場に出ると、机の上にメモがあった。たぶん文田だろう、小学生の書き取りのような字で、矢野昭峩堂に連絡せよ、とある。私は昭峩堂の番号をまわした。

——矢野さん？　吉永です。

——おっと、こらどうも、早《は》ように出勤するんやな。

——出世しよと思てますねん。

——無理や。世辞のひとつも覚えんと。

——いったい何です、用事は。

——他でもない、村上敦の居どころが分かったんや。

——仁仙堂の元営業部員ですね。

——村上は奈良の王寺《おうじ》に住んでる。ＪＲ駅前のバスターミナルで十時半に会おか。

——ちょっ、ちょっと待って下さい。矢野さんもいっしょですか。

返事がない。電話は切れていた。私はもう一度ダイヤルしようとして、その手をとめた。

　矢野はなぜ私と行動をともにしようとするのだろう。一昨日《おととい》の美術年報社訪問も矢野の誘いだった。矢野の狙いは捜査内容を探ることにある――そう確信した。

　私は小沢を手招きした。

「予定変更や。おまえ、湯浅へはひとりで行け」

　私たちは網元の荒川清治郎の遺族に会って、昨年八月七日の矢野伊三夫のアリバイを確認するつもりだった。

「先輩はどうしはるんです」心細そうに小沢はいう。

「わしは奈良や。矢野とデートする」

「あの人、先輩が好きみたいですね」

「教えたろ。二人は恋人同士なんや」

　JR関西線王寺駅、矢野伊三夫はバスターミナルのコンビニエンスストアの店先で私を待っていた。大柄な千鳥格子のジャケットに水色のニットシャツ、七宝焼のループタイをつけている。

「ええ天気やな」

「ちょっと暑いですね」

「初夏や、初夏。ものみな萌《も》え出《い》ずるこの季節がわしはいちばん好きや」

「矢野さん、村上の居どころをどうやって調べたんです」

「きのう、たまたま版画商協同組合の会報を読んでたんや。新人会員のコーナーに村上敦の名前が載ってるのを見つけたと、こういうわけや」

「わざわざ知らせてくれはって、ありがとうございます」

「わしら善良なる市民としては当然の義務やがな」

矢野はタクシー乗り場へ向かう。「村上には、大阪のエリート刑事が行くさかい、家で待っとれというといた」

「それはそれは、行きとどいた段取りしてもろて痛み入ります」

タクシーに乗り込んだ。

王寺駅の南東約二キロ、広大な山の丘陵部を造成した新興住宅地の一角に村上敦の自宅はあった。敷地は約三十坪、間口の狭い前庭をカーポートにして、最新型のクラウンを駐《と》めている。安普請《ぶしん》の家と車がいかにも不釣合いだ。

矢野がチャイムのボタンを押すと、すぐにドアが開いて、子供を抱いた小柄な女性が出て来た。お待ちしてました、どうぞお入り下さい、と愛想よくいう。

矢野と私は玄関横の応接間に通され、そこには村上敦が坐《すわ》っていた。想像していたよりはずい分若くて三十代前半、夏みかんのようなぶつぶつの肌に、赤い鼻だけが不釣合いに大きく、絞ったらラードのしたたり落ちそうな脂っこい顔だちだ。

「──と、そんなわけで、奥原煌春の贋作《がんさく》を仁仙堂に持ち込んだ人物を知りたいんです。決してご迷惑はかけませんし、教えてもらえませんか」

「蒲池章太郎《かまちしょうたろう》という美術記者です」

あっさり、村上はいった。「蒲池が個人の資格では勧業館の即売会に出品できないので、仁仙堂から出してくれと頼んで来たんです。そう、ちょうど十点です。マージンは売値の三割。絵の完成度は高いし、鑑定証も付いているので、安心して出品したんですがね」

「にもかかわらず、絵は贋作であると判定された。……勧業館から持ち帰った絵を蒲池に返したんですね」

「いや、それが妙なことに、返却しなかったんです。猪原が返そうとするのを、細江が止めたんです」

「どういう理由で」

「たぶん、他のルートで換金できると踏んだんじゃないですかね。細江がベンツに載せて、どこかへ持って行きました」

「ほな、その十点の贋作、今は……」

「さてね、どこへどう処分したやら」

「猪原氏は知らんのですか」

「知りません。猪原はただの雇われ専務で、何をどうするにも細江の意のまま。社長はあの絵をどうしたと、私に訊《たず》ねていたくらいですから。……ま、そういうワンマン体質に嫌気がさして、私も辞めたんですがね」

「村上さん、今は版画を扱《あつこ》うてはるんでしょ」

「扱ってはいますが、金にはなりませんね。大きく儲《もう》けるには、やはり日本画ですよ」

村上は力なく笑い、「蒲池の連絡先、教えましょうか」

ガラステーブルの下から名刺ホルダーを取り出した。ゆっくり繰って、

「これです」と、名刺を差し出す。

〈ニュージャパン・アートジャーナル、主筆、蒲池章太郎〉、大阪、西区北堀江にオフィス兼自宅がある。

「それ、差し上げます」

すんません、いただきます、名刺を内ポケットに入れたとき、ドアが勢いよく開いて子供が走り込んで来た。村上の膝《ひざ》によじ登る。それを機《しお》に、私と矢野は腰を上げた。


「そうか、あの蒲池が持ち込んだんかいな」

バス通り、タクシーを待ちながら矢野が呟《つぶや》く。

「蒲池のこと、知ってるんですか」

「知ってるも何も、業界では超有名人、金バッジ付きの寄生虫やがな。金と利権の臭いのするとこには必ず首を突っこんでる。三年ほど前には、富岡観斎の鑑定証を偽造して警察の厄介になったはずや。……ということは、煌春の贋作に付いてた鑑定証も、蒲池がこしらえよったんかもしれんな」

「鑑定証いうのはどんなもんです」

「この絵は観斎が描いたものに相違ありませんと証明する書きつけや」

「何でそんな書きつけが要るんです。絵には作家のサインがあって、落款も押してありますがな」

「というのが、素人の判断や」

「素人でわるかったですね」

「教えたろ。……日本画にはそもそも掛軸と額装の二つがあって、掛軸の場合、本紙にサインと落款、そしてそれを収める木箱に、作家が題名と名前を墨で書いた箱書きというもんが必要なんや。額装の場合は木箱がないから、箱書きの代わりとして額の裏にシールを貼る。シールというのは葉書半分ほどの和紙に、題名とサインを書いて落款を押したもんや。……で、このサインと落款、箱書き、シールの三点セットが揃てたら、その絵はいちおう真作とみなされるわけやけど、煌春や玉稜、観斎なんかの多作の物故作家の場合はこれでも安心ができへん。三点セットの他に、もうひとつ鑑定証を添付せんといかんのや」

「鑑定は誰がするんです」

「たいていは、作家の遺族とか直系の弟子がする。真作と判定したら自筆の鑑定証を発行するんや」

「しかし、贋作グループはその鑑定証まで偽造するんでしょ。どないして見破るんです」

「それはやな……」

矢野はポケットからたばこを出した。パッケージを探るが、一本もない。くしゃくしゃに丸めて投げ捨てるかと思えば、またポケットに入れた。

「割と行儀がよろしいな」

セブンスターを矢野に差し出した。

「捨てる神あれど拾う神なし。行儀と道徳はわしの天分やがな」

矢野はセブンスターを吸いつける。「他人の不幸ともらいたばこは味がええ」

「話の続き、して下さい」

「——何やったかいな」

「贋作の見破り方です」

「まず、下地の紙と絹の違いやな。竹内《たけうち》栖鳳なんかは栖鳳紙いう専用の紙を漉《す》かしてた。横山大観《よこやまたいかん》の絹本《けんぽん》は糸の太さが統一されてるそうや」

「古い紙や絹は黄ばんでるでしょ。あれはどうやって古びさせるんです」

「簡単や。二日か三日、お日さんの下にさらしたらええ。たばこの煙を吹きつけてもええし、もっと古いやつは桃の皮を煎《せん》じて染めたりもする」

「いろいろ方法はあるんですね」

「わし思うに、真似るのがいちばん難しいのは、サインや。あれは筆をおろした瞬間に形が決まってしまう。そやし、鑑定証を作るのもそんなに簡単なもんやない」

「鑑定証の偽造はどういう罪になるんです」

「有印私文書偽造、及び同行使罪」

「あれやこれやえらい詳しいけど、贋作団を組織したことあるんですか」

「あほくさ。わしはすれすれのことはするけど、明らかな法律破りはせん。蒲池なんかとは、ここの出来が違うんや」

矢野は指で頭をこつこつする。「あんたも警察官なら私文書偽造くらい勉強せんかいな」

「わし、殺しが専門ですねん」

「ほな、死体を触ったりすることあるんやろ」

「そら、現場検証もしますから」

「うわっ、気持ちわる。よう飯が喉《のど》通るな」

矢野は顔をしかめる。言い草がカチンと来た。

「今度いっしょに見物しますか。優待券配りまっせ」

「要らん。そういう猟奇趣味は持ち合わせてへん」

猟奇趣味とは何だ。ますます気に入らない。

「ひとつレクチャーしましょ。死んだ人間より生きた人間の方がよっぽど怖い。これが偽りのない実感でっせ」

「それでもわしは生きた人間の方がええ。死体見てもちんぽこ立たん」

「ほう、その年でまだ立ちますか」

「わしの四十五口径は六連発やで」

「煙しか出んくせに」

「あんたが女やったら、今すぐでも撃ってみせたるのにな」

「何と、おぞましい」

タクシーが来た。私は車道に身を乗り出して手を振った。

王寺駅からニュージャパン・アートジャーナルに電話をかけたが、誰も出ない。蒲池と連絡がつくまでぼんやり時を過ごすわけにもいかず、かといって帳場に戻って報告書を書くのも気が利かない。さて、どうする。

「ね、矢野さん」

受話器を置いて話しかけた。「村上は、細江が煌春の贋作《がんさく》を蒲池には返さず、ひとりで処分したとかいうたけど、その処分先を調べる方法ありますか」

「それそれ、それをわしもさっきから考えとる。……ええ知恵が浮かばんのや」

「わし、煌春贋作の流れを知ることが、黒田殺しと細江失跡を解く鍵《かぎ》やと考えてるんですけどね」

――二十年前、奥原煌春の贋作が出まわった事件で、黒田理弘は贋作者と目された。そして昨年、同じ手の絵が十点、蒲池章太郎によって仁仙堂に持ち込まれ、京都勧業館に出品された。絵は贋作であることが判明して仁仙堂が引き取り、細江仁司が個人的に処分した。細江はおそらく、黒田が贋作者であることを知っており、だから黒田に対して何らかのアプローチをした可能性がある。ここに唯一、黒田と細江をつなぐ手がかりが存在するのだ。

「勧業館の展示即売会が去年の七月二十日、黒田の死亡推定日が八月七日、時間的にも符合します」

「あんた、わしに感謝せないかんで。いろいろヒントを与えたんは、このわしや」

「矢野さん、勧業館で煌春の絵を見たんでしょ。どんな絵でした」

「柿、柘榴《ざくろ》、白牡丹《はくぼたん》、椿、梅花小禽《しょうきん》、そんな絵ばっかりで、山水はなかったな。大きさはどれも二尺幅、十五号前後の小品や」

「それは軸ですか」

「違う。額装や」

「十五号の小品でも、額に収められたらけっこう嵩《かさ》がありますやろ」

「だいたい、七十かけ八十センチほどかな」

「そんな嵩ばる絵をまとめて十点、細江はベンツに積んでどこかへ持って行った。……コインロッカーに預けるわけにはいきませんな」

「なるほど。あんた、ええとこに気がつくやないか」

「ダテに一課の鑑札を下げてますかいな」

「よっしゃ、これから細江の自宅へ行こ。よめはんから話を聞くんや」

「けど、矢野さん、それは……」

「何や、不服そうな顔して」

「刑事《デカ》と一般人が連れだって訊《き》き込みにまわるやて、聞いたことおませんわ」

「ほう、すると何か、あんたはわしをさんざ遊んでころがして、あとであっさりつぶす気か」

矢野は言葉の後半を歌うようにいう。

「聞き覚えのある節まわしですね」

「トンコ節や。……あなたのくれた帯留《おびどめ》の、——」

だるまの模様がちょいと気にかかる——つられて私も口ずさんでしまう。

毒を食らわば皿まで、肚《はら》を決めた。


王寺から関西線で大阪、東海道線に乗り換え、茨木で降りた。駅から南春日丘まではバスを利用する。途中、矢野は喋《しゃべ》りづめで、いま野球の話をしたかと思えば、次は女の経験談、そのまた次は競馬必勝法、映画評論と、話題のひとところにとどまることがない。好意的にみれば該博《がいはく》、行きずりの他人が聞けば単なる奇人だ。私はいい加減うんざりして、バスを降りるころには、相槌《あいづち》をうつ気力さえ失《な》くしていた。

「おっと、ここや。……細江仁司、豪邸やがな」

厳《いかめ》しい冠木《かぶき》門の表札を見上げて、矢野は肩をすくめる。細江の住まいは敷地が約二百坪、築地《ついじ》塀《べい》を巡らせた瀟洒《しょうしゃ》な数寄屋造りの建物だった。

「細江のやつ、あくどい脱税をしとるで」

矢野がインターホンのボタンを押した。

「大阪府警の吉永と申します」

「お入り下さい」

リモコンだろう、カチッと錠の外れる音がした。

「勝手に人の名前をいうてもろたら困りますね」

「ええがな、減るもんやなし」

矢野に続いて通用口をくぐった。手入れの行きとどいた純和風の庭、縁側のそばに池を掘って鯉を泳がしている。

「趣味がわるい。食えもせん魚を飼うやつの気が知れん」

「うち、金魚を飼うてまっせ。よめはんが夜店ですくうて来た金魚」

「出目金やろ。あれは動きが鈍い」

踏石伝いに玄関まで歩き、白木の格子戸を開けた。鶴を描いた衝立《ついたて》の前にひっつめ髪の女性が坐《すわ》っていて、私たちに深くお辞儀をした。細江の妻、佐枝子だろう、膝《ひざ》に置いた左手の薬指に、えんどう豆大のダイヤが光っている。

「このたびはいろいろとお世話になりまして」

「いやどうも、大した力添えできませんで」

——きのう、金沢で細江のベンツが発見されたことは同僚の原田《はらだ》が佐枝子に伝えた。佐枝子は、細江が金沢へ立ち寄った動機について思いあたるふしはないといい、原田の求めに応じて、細江の指紋の付いたヘアトニックのボトルと文庫本、ティーカップを差し出した——。

「どうぞ、お上り下さい」

「ここでけっこうです。すぐ帰りますよって」

「主人のことで何か……」

「新しい情報はないんです。今日はちょっと別のことをお聞きしたいと思いまして」

私は、去年の夏、細江が煌春の絵を自宅に持ち帰らなかったかと訊いた。佐枝子はそれらしい十点の絵が長い間、地下の物置にあったといい、今年の三月ごろになって、ようやくアツモリという画商に売れたと答えた。

「値段はいくらです」

「さあ……主人はあまり仕事の話をしませんから」

「絵はアツモリという画商が買《こ》うたことに間違いないんですね」

佐枝子に訊きながら、私は横の矢野を見た。矢野はアツモリを知らないというふうに小さく首を振る。

「主人は確かにそういってました」

「どんな字です、アツモリ」

常識的に書けば、阿津森、阿津守、厚森、厚守——か。

「すみません、そこまでは……」

「アツモリさん、いつごろからのつきあいです」

「こちらに電話がかかってくるようになったのは去年の暮れからです」

「最近の電話は」

「三月の中旬だったと思います」

「ご主人、アツモリさんのことで他に何かいうてはりましたか」

「いえ、何も」

「黒田という絵描きの名前に聞き覚えは」

「ないです」

「東斉画廊の長坂とか、三軌堂というのは」

「知りません」

それまで伏眼がちに話していた佐枝子が顔を上げた。「刑事さん、主人はどこへ行ったんです。何かのトラブルに巻き込まれたんですか」

「それは何ともいえませんね」

まさか細江仁司に、黒田殺しに起因する逃亡の疑いがあるとはいえない。

「ご主人、金沢まではひとりで車を運転して行ったことが分かってますけど」

きのうの夜遅く、ベンツの車内から採取した指紋を細江のそれと照合した。その結果、車内に細江以外の指紋はなく、また高速道路のレシートに付着していた指紋も細江のものであることが判明した。

「さて、我々はこの辺で失礼します。もし、アツモリ氏から電話があったら、必ず連絡して下さい」

私は頭を下げた。これ以上長居すると、佐枝子の質問攻めにあう。

細江家をあとにした。バス停に向かって急勾配《きゅうこうばい》の坂を下る。

「アツモリてな画商、わし、見たことも聞いたこともないで」

「屋号とか雅号とは考えられませんか」

「平敦盛《たいらのあつもり》でもあるまいし、そんな黴《かび》くさい屋号を誰がつける」

「平敦盛、何者です」

「これやから近ごろの若い連中は常識がない。平家物語を知らんか」

「それくらい知ってますがな。琵琶《びわ》法師が三味線弾きながら語るやつや」

「三味線やない。琵琶や、琵琶」

矢野はポケットに両手を突っ込み、ゆらゆら歩く。「わし思うに、アツモリいうのは偽名や。よめはんに名前を知られてまずいということは、細江とつるんで悪だくみをしとったに違いない」

「なるほど、そういうふうに読みますか」

「ふん、とぼけた顔して、同じこと考えとるくせに」

図星だ。

「しかし、あの細江のよめはん、ええ女やったな。わし、ああいう左褄《ひだりづま》を取ってたような感じの年増が好みや」

「そういや、吉永小百合も、今や年増ですな」

「ばかもの。あの方は永遠の乙女や」

「ヒダリヅマて、何です」

「芸者や。左手で着物の褄を取って、しゃなりしゃなりと歩くやろ」

矢野はジャケットの裾《すそ》を持ち上げ、腰振りながらつま先立って歩く。私はひとしきり拍手して、

「わしはどんなに不細工でも若い女がよろしいな」

「ほう、あんたのよめはん、そんなに不細工なんか」

「何ですて」

「怒らんでもええがな、赤い顔して。よういうやろ……美人は三日で飽きるけど、不器量な女は三日で慣れる、と」

いって、矢野はにやりと笑う。口に手錠をかけてやりたい。

「それでおまえ、八時まで矢野といっしょやったんかい」

深町は眉根《まゆね》にたてじわを寄せて私を見据える。

「行きがかり上、そうなってしまいました。矢野のやつ、何だかんだ理屈をつけて、わしから離れようとせんのです」と直立不動の私。

――細江家での事情聴取のあと、茨木から梅田へ出た私は、矢野から誘われるままにビリヤードをし、パチンコをし、古本屋巡りをしながら、三十分ごとにニュージャパン・アートジャーナルへ電話をした。結局、蒲池章太郎はつかまらなかった。

阪急《はんきゅう》三番街で矢野と別れ、帳場に戻る途中にも、二度電話をかけたが、やはり連絡はとれなかった。明日《あした》はどうあっても蒲池をひっつかまえる。

「おまえ、矢野と何をしてた」

「蒲池の帰りをただ待ってるのも能がないし、梅田近辺の画廊をまわって、アツモリという画商を割り出そうとしました。収穫はありません」

心ならずも嘘をついた。まさかビリヤードをしていたとはいえない。

遊び人、矢野はビリヤードがうまかった。それも生半可なうまさではない。ひょいと中腰に構えて無造作に球を突くのだが、続けて何球もポケットに落ちる。キューを立てて手玉にカーブをかける曲芸まがいの突き方まで披露するものだから、まわりの客がわいわい集まって来る。何のことはない、私は矢野の引き立て役だった――。

「矢野のやつ、におうな」

深町はたるんだあごをつまむようにひとなでして、ぽつりという。「そこまで深入りしてくるからには、よほどの曰《いわ》くがあるに違いない」

「わし、矢野を徹底的に洗《あろ》うてみるべきやと思います」

「去年の八月七日、矢野にはアリバイがあったんやな」

「それは、まず覆《くつがえ》ることはないですね」

さっき、私は小沢から報告を受けた。八月七日、午前十一時から午後五時まで、矢野が湯浅の網元の家にいたことは間違いない。

「黒田理弘は必ずしも八月七日に死んだわけやない。崖《がけ》から墜落したとみられる痕跡《こんせき》があっただけや。そやし、その痕跡を黒田の擬装と考えたら、矢野のアリバイなんぞまるっきりあてにならん。かえって、そういうとってつけたようなアリバイのあることが余計怪しいとは思わんか、え」

さすがに古狸の深町、一元的な判断はしない。あらゆる可能性を想定するのが捜一班長の資質だ。

「吉永、おまえはこれからも矢野とおみきどっくりをせい。あいつが何を考え、何を狙《ねろ》てるか、尻尾《しっぽ》を摑《つか》んで化けの皮剝《は》がしたれ」

「文字どおりの身辺捜査ですね」

「ミイラ取りがミイラになるなよ」

「それで班長、細江の方の調べはどないです」

今日、美術年報社へ総田《そうだ》と文田が事情聴取に出向いた。去年から今年にかけて、細江の詳しいスケジュールと、金銭、交遊関係を知るためだ。

「八月七日、細江は出社してましたか」

「してへん。九州へ出張や」

唐突にそう答えたのは総田だった。報告書を書きながら、我々のやりとりを聞いていたのだろう。

「いちおう会社の記録では、細江は八月六日から八日まで、北九州と大分の画廊をまわっとる。裏を取ったわけやないから、鵜《う》呑みにするわけにはいかんけどな」

「ほな、近いうちに総長も九州出張ですね」

「別府《べっぷ》あたりで一泊や。たまには温泉もええぞ」

――と、そこへ電話。深町が受話器をとる。

「はい、帳場。――え、何ですて。――鹿西町《ろくせいまち》ですか。――金沢から七尾線、能登半島ですな」

深町の表情が厳しい。帳場の全員が注目する。

「――了解。現場へ急行します」

深町は受話器を置いた。ひとつ大きな息を吸って、「死体や。細江の死体が発見された。場所は鹿島郡鹿西町。七尾線の能登部駅から県道を北へ三キロほど入った山の中や」

「それ、他殺でっか」川島が訊《き》いた。

「まだ分からん。死因は服毒死らしい」

「とりあえず、電車や」

文田が立って、棚から時刻表を抜き出した。「――今からやと、二十三時二十分、大阪発の急行きたぐにしか乗れませんね。金沢着は午前四時九分、七尾線に乗り換えて……能登部着が六時五十二分です」

「物見遊山やない。そんな悠長な旅をしてられるかい」

深町は吐き捨てて、「吉永、こないだ、車で金沢へ行ったやろ。何時間かかった」

「――金沢西インターまで約四時間というとこです」

「金沢から鹿西町まで五十キロほどやろ。……車を飛ばしたら五時間で行けるな」

その言葉で、全員が壁の時計を見た。ちょうど九時半、明朝午前三時には鹿西町へ着く。

「よし出発や。川さん、細江の家族と鑑識に連絡。それから、先に帰った連中を招集して、あとを追うてくれ」

深町は立ち上り、椅子の背もたれに掛けていた上着をとって腕を通す。

私はすばやく、車の割り振りを考えた。現在、部屋にいるのが、深町、川島、原田、総田、文田、小沢、私の七人。後発の川島を除いた六人が二台の車に分乗するから、深町といっしょにならないためには、原田をこちらに引き込まなければならない。

「主任……」

私は振り返った。と、それより先に文田が原田のデスクに走り寄って椅子を引き、

「さ、行きましょ。ぼくが運転しますわ」

原田の腕をとるようにして、総田と三人、部屋を出て行った。――残ったのは、深町、私、小沢の三人。

「こら吉永、ボーッとしてんと、早《は》よう仕度をせんかい」

「…………」

眼の前が暗くなる。これから五時間、小泣きハゲの近習《きんじゅ》だ。

6

日付が変わって午前一時二十分、金沢東インターチェンジを出た。八号線を北上する。往き交う車は大型トラックが大半で、青果や水産加工品輸送の冷凍車が多い。

私は途中一度も休憩をとらなかった。深町はリアシートで遠慮のない寝息をたてており、小沢は助手席で眼をこすっている。会話らしい会話はまるでなく、何とも気づまりなドライブだ。

「小沢、何でおまえ免許を取らへんのや」

知りたくもないが、眠気覚ましに訊いてみた。

「免許取ったら、自動車を運転するんでしょ」

「三輪車乗るために免許取るやつはおらんわな」

「ぼく、小さいとき、乳母車から落ちました」

「かわいそうに、顔面打撲やな」

——高松から能登海浜道路に入った。完成してまだ日が浅いのだろう、きれいな広い道だ。潮の香り、すぐ左に砂浜、白い波頭が間近に見える。

「どこや、ここ」

いびきがやんで、深町がいった。

「もう能登です。半島の付け根」

「早いな」

少しも早くない。眠っていた人間に時間の感覚はない。

海浜道路は柳田で海を離れ、半島中央部に分け入って行く。私たちの前後に走る車はなく、対向車線にもライトは見えない。

「むかし、こういう淋《さび》しいとこでガス欠になったことがあったな。側道には雪が積もってた」

「ガス欠になったら、車は動かへんのでしょ」

「わし、車の外へ出て、手を振ったがな。小一時間もそうしてるうちに、手足が痺《しび》れて鼻からつららが下がった」

「どうやってその窮地を脱したんです」

「車が停まってくれたんや。中から若い女が出て来て、いかがなさいました、とこうや。……抜群の美人やったな。雪女かなとも思たがな。あとで聞いたら、塩干屋の娘さんやった」

「そら珍しいですね。女の職人やて」

「職人……」

「鉛管工でしょ」

「もうええ、喋《しゃべ》るな」

——上棚《うわだな》インターチェンジで海浜道路を出た。二車線の県道を東へ向かう。曲がりくねった上り坂が続いて、山間部へ入った。道路照明はなく、あたりは墨を流したように暗い。ヘッドライトが闇を裂き、車は高いエンジン音を残して高度をかせいで行く。

百メートルほど先に複数の赤い光が見えた。そこだけ山の後退した小さな空地に七、八台の車が駐《と》まっている。

私は石川ナンバーのパトカーの後ろに車を停めた。文田たちの車は見あたらない。車を降りた。グレーのコートの男がこちらに歩み寄り、深町に一礼して、

「ご苦労さんです。県警一課の田代《たしろ》といいます」

長身、眼つきの鋭い、四十年輩の刑事だ。

「大阪府警の深町です」

深町は礼を返し、胸ポケットからたばこを抜き出しながら、「現場は」

「この奥です。林道を二百メートルほど入った涸《か》れ沢のほとりです」

「死体は」

「大阪から調べに来ると聞きましたので、まだ動かしてません。……検視は終了しま

した」

携帯ライトを手にした田代に続いて、我々も歩き出した。草地の突きあたり、小高い斜面を穿《うが》つように、山へ続く細い林道が口をあけていた。

田代は、林道を利用するのは山に畑を持つ地元農家の十数人だけだと説明し、そのうちの一人が昨日の夕方、死体を発見したという。

「発見者は六十八の婆さんです。死体のあった場所は林道から死角になった窪地《くぼち》で、発見者は近くを通ったときに、ものの腐ったような臭いに気がついたそうです。だから、死体がいつからそこにあったかは分かりません」

林道は階段状になっている。間伐材で土留めをした急傾斜の階段だ。老人にはきついだろう。

私は深町のあとを、足許《あしもと》を確かめながらゆっくり上る。山土が湿気を含んで滑りやすい。

——階段を上りきって、林道はゆるく左にカーブしていた。凜然《りんぜん》たる冷気、木々の切れ間に星がまたたく。

「わし、久しぶりに星を見たような気がしますな」

深町がいう。「さすがに、こういう山の中は夜が夜らしい」

「大阪では星が見えませんか」と、田代。

「星どころか、夜がおませんがな」

いって、深町は低く笑った。

右下の樹間に明かりが見えた。田代が灌木《かんぼく》の中に分け入る。

熊笹の茂みの向こう、そこだけ傾斜のない窪地に二人の男が立っていた。近づく我々にライトを向け、それからゆっくり足許に移動させる。光の輪の中に、紺のスーツが浮かび上った。

細江仁司は左半身を上にし、腰と膝《ひざ》をほぼ九十度に曲げた状態で横たわっていた。両腕は胸の前に投げ出されている。着衣に乱れはなく、革靴に泥が付着している以外に、目立つ汚れはない。露出している顔と手は紫がかった緑色に変色し、腐臭ははなはだしく強い。瞼《まぶた》と唇、小鼻が腫《は》れたように見えるのは腐敗が進んで、いわゆる巨人様観を呈しつつあるためだ。

「死後、四日から六日というのが検視官の判定です」

抑揚のない口調で、田代がいう。「死体の口許にハエの死骸《しがい》が散見されたので、服毒死を疑いました。それで、シェーンバイン予備試験の結果、青酸中毒死と判明しました」

「服《の》み残しの青酸とか容器は」深町が訊《き》いた。

「コーヒーの空缶が死体のそばにありました。鑑識に持ち帰って、残っていたコーヒーの分析、検査を進めています」

「他に遺留品、所持品は」

「札入れと小銭入れ、キーホルダー、時計、ハンカチ、以上です。札入れの中にはクレジットカード類と免許証、現金が十七万円ばかり入ってました。物盗《ものと》りの犯行ではないでしょう」

「服毒の現場はここですかな」

「だと思います。まわりの草や木に嘔吐物《おうとぶつ》が付着しています」

「なるほど。……うちの鑑識が来ても、調べることはなさそうですな」

素直に感謝すればいいものを、深町はいつもこんなものいいをする。だから、当人にその気はないのだが、相手は深町の言葉を皮肉やあてこすりととってしまう。損な性分だ。その能力と実績は誰もが認めているのに昇進が遅いのは、こういうところに原因があるのかもしれない。

「死体はこれから金沢医大に運びます」

「剖検にはわしらも立ち会いますわ」

いって、深町は私と小沢の方に向き直った。

「車に戻ろ。ちょいと寝とかんと、明日《あした》がしんどい」

――と、そのとき、林道の方から話し声が聞こえた。原田たちが来たらしい。

腐臭に辟易《へきえき》していた私は跳ねるように熊笹の茂みを駆け上った。

デコがほほえみながら、私の肩に手を置いて唇を寄せてくる。そこだけくっきり色のついた黄色い歯、とうもろこしの粒々だ。それは口の中からぽろぽろとあふれ出て、落ちる途中でポップコーンになる。私は掌《てのひら》で受けようとするが、腕が重くて動かない。うーん、とひとつ呻《うめ》いて気がついた。

——白い壁、濃い緑のドア、ベージュ色の床、私は廊下の長椅子に腰かけて眠っていたらしい。小沢が私の右肩に頰をもたせかけて寝息をたてている。

「こら、起きんかい」

「——あ、先輩」

「先輩やあるかい。わしゃ、おまえの携帯枕やないぞ」

眠気覚ましに一服吸いつけようとしたとき、正面のドアが開いて、執刀医の和田が姿を現した。帽子をとり、髪をかきあげながら、

「終了しました」

「ご苦労さまです」

私は立ち上って、腕の時計を一瞥《いちべつ》した。午前十一時四十分、解剖を始めて、ちょうど二時間が経過している。

「解剖鑑定書は一週間待って下さい」

「けっこうです。……所見をお願いします」

私はポケットからメモ帳を取り出した。

「死因は青酸中毒死。死体外景に創傷等、なし。死後経過時間は、五日ないし七日。参考所見として——」

「細江の血中アルコール濃度は〇・八パーセント。ビールに換算して、約一本の量です。そして、胃の中には、未消化のアワビと生ハム、アスパラ、ブロッコリー、レタス、キュウリ、トマトが残ってました。消化の進み具合からみて、食後二時間以内に細江は死んだと思われます」

石川県警羽咋《はくい》警察署、第二会議室、私は報告を終えて折りたたみ椅子に腰を下ろした。

「それは発見現場に吐き散らしてた食い物と一致するな」

川島が発言した。「ということは、細江は自殺したとみなしてええんやないかな」

「その根拠は」と、深町。

「現場に細江以外の人物がおった痕跡《こんせき》はないし、仮におったとしても、あんなくそ淋《さび》しい山の中で、細江が騙《だま》されて毒を服むてなことはあり得ません。……細江は自発的に青酸カリ入りのコーヒーを飲んだんです」

死体のそばにころがっていた缶コーヒーは六甲飲料社製の炭焼珈琲《コーヒー》だった。缶に三分の一ほど残っていたコーヒーを分析した結果、高濃度の青酸カリウムが検出され、また缶に付着していた指紋も、細江のものだけだった。

「しかし、係長、こいつはごくわずかの可能性やけど、細江は誰ぞと心中をはかったという線も考えられんことはおませんで」

慎重派の原田がいった。「細江の死が仕組まれたものなら、これ以外にないでしょ」

「それは原さん、考えすぎと違うか」

「細江は死ぬ二時間前までに、酒を飲みながら、アワビや生ハムを食うてます。これらはホテルとか欧風レストランで出される料理やし、わし、金沢で、細江が誰かといっしょやったという気がして仕方ないんですわ」

「ほな何かい、ホテルやレストランはひとりで入ったらあかんというんかい」

不機嫌そうに川島は応じる。ずりさがった眼鏡のふち越しに原田を見据えて、「ベンツの車内にあった高速道路のレシートに付着してたんは、細江の指紋だけや。……ベンツは左ハンドルで、料金所のブースは右側にある。もし誰ぞが助手席に乗ってたら、その助手席の人物が金とレシートの受け渡しをするはずや。そやし、金沢まで細江はひとりやったたし、金沢で誰ぞと会《お》うたとしたら、車を兼六園球場脇に放置したんは不自然や。二人で電車に乗って、能登部まで行ったとは考えにくい」

「そういわれると、係長のいうとおりですな」

原田は力なげにいう。川島はしたり顔で、

「わし思うに、細江がベンツを置き去りにしたんは、そのベンツから足がつくと考えたからや。細江は富田林の白骨死体が発見されたことで、自分の身辺に捜査の手が及ぶことをおそれた。そして、逃走、自殺。そう考えたら、すべてが一本の線につながってくる」

「けど、実際は、わしらが顔を出す前に、細江は死によりましたがな」

と、口をはさんだのは総田だった。「何で、そんな早《は》ようから細江は姿をくらまさなあかんかったんやろ」

「そいつはこれからの調べで明らかにすることやないか」

「そら、ま、そうですけどな」

総田はあごを突き出して上を仰ぐ。

「談論風発、議論百出、なかなかええやないか」

口端で笑いながら、深町がいう。「で、原さん、能登部駅の訊き込みはどないやった」

「これといった手がかりはおませんな。……能登部駅の一日の電車の発着は、上下線合わせて四十七本。乗降客は約五百二十人。駅員全員に話を聞いたけど、十二日から十五日にかけて、細江らしい人物に見憶《みおぼ》えはなし。明日からは隣駅の金丸と良川駅、それと七尾街道を通るバス便を洗《あろ》うてみるつもりです」

「ふむ。原さんと桑やんは当分こっちでがんばってくれ」

深町はそこで意見交換を打ち切り、細江の青酸カリの入手経路、十二日以降の足取り、黒田の白骨死体事件との関連について具体的な捜査方法と各捜査員の分担を指示する。

私は手で口許《くちもと》を押さえ、あくびを噛《か》みころした。ここ数日、五時間以上眠ったことがない。

ニュージャパン・アートジャーナルの主筆、蒲池章太郎を、私はようやくつかまえた。朝から何度も電話をして、十一時すぎにやっと相手が出たのだ。私は渋る蒲池を説き伏せて、事情を訊く同意をとりつけた。

――西区北堀江、蒲池の住居兼事務所はあみだ池公園に面した古い公団住宅の六階にあった。2LDK、間取りと広さは我が家とほぼ同じ、壁や建具はかなり傷《いた》んでいる。

蒲池は私と小沢を玄関横の四畳半に招じ入れた。五月も半ばを過ぎたというのに、まだ炬燵《こたつ》を置いている。天板の上は、電気スタンド、急須《きゅうす》と湯呑《ゆの》み、灰皿、新聞、雑誌、書きかけの原稿でいっぱいだ。

「蒲池さん、この部屋で仕事してはるんですか」

私は畳の上にあぐらをかいて切り出した。蒲池は座ぶとんを勧めようともしない。

「原稿なんて、どこでも書けるよ。ホテル、喫茶店、新幹線、あらゆる場所が書斎だね」

「ご家族は」

「そんなの、いるように見える」

「いや、見えへんから訊《き》いてみたんです」

「妻も子供もいますよ……戸籍上は、ね」

「どうも立ち入ったことを訊いたみたいですね」

「ずけずけと他人のプライバシーに踏み込むのがあなた方の仕事でしょう」

蒲池の言葉にはいちいち険がある。年は四十すぎ、痩《や》せぎす、生気の乏しい土気色の顔、眼鏡の奥の細い眼で挑むように私を見る。

「で、話ってのは何なの」

「実は、去年の七月、蒲池さんが仁仙堂に持ち込んだ奥原煌春の絵について、――」

私は差し支えのない程度に事情を伝え、煌春の絵をどこから預ったかを訊《たず》ねた。

「──ノーコメント、その種の質問には答えられないね」

「我々は贋作《がんさく》疑惑を追うてるんやないんです。迷惑はかけません。何とか教えてもらうわけにはいきませんか」

「ノーコメント」

「蒲池さん、これは殺人事件なんです。美術年報社の細江氏も死んでるんです」

「しつこいね。ノーコメントといったらノーコメントだ」

一瞬、蒲池の細い襟首《えりくび》を締めあげるシーンを想像した。アメリカンハードボイルドならそうしているだろう。

「どないしても喋《しゃべ》ってもらえへんみたいですな。質問を変えます。蒲池さんは煌春の絵を細江さんから返却してもろてませんね」

「あれは細江が買ったんだよ。それ相応の値段でね」

「誰から」

「ノーコメント」

「絵は偽物やったんでしょ」

「偽物かどうかはおれの判断することじゃない。買った細江が納得していれば何の支障もない」

「細江さんは、その絵をどこへ転売したんです」

「そんなこと知るわけないだろ」

「困りましたね。わしら骨折り損ですか」

「くたびれを儲《もう》けたじゃないか」

「蒲池さん、アツモリ画廊いうの、知ってますか」

「知らないね。聞いたこともない」

蒲池は炬燵の上のたばこに手を伸ばしながら、「他に質問は」

「――今日はこんなとこです」

「じゃ、お引き取り願いましょうかね。おれはあんたたちのように、見当違いの道草を食っても餌をもらえる飼犬じゃないんだ」

「飼犬もたまには嚙みつきまっせ」

「おれは吠《ほ》えるだけかと思ってた」

「失礼。また寄せてもらいます」

私は小沢をうながして立ち上った。

「ひとつご教授しよう」

「何です」

「現代社会を制覇する最も重要なファクターは、つまるところ情報だ。その貴重な情報を、野暮ったい黒い手帳を示すことで、安易に、しかも無料で手に入れられると考えているあんたたちの認識は根本から改める必要がある」

蒲池は坐《すわ》ったまま、私たちを見送ろうともしなかった——。

「くそったれ、案の定、一筋縄ではいかんやつや」

エレベーターホール、壁のタイルがところどころ剝《は》がれ落ちている。

「何とかして口を割らしたいですね」

「ああいう海千山千をうたわすには三つの方法がある」

「どんなんです」

「有無をいわさぬ容疑事実を摑《つか》んで締めあげるのがひとつ。……けど、これはまだ無理や」

「二つめは」

「殴る、蹴《け》る、拷問にかける」

「物騒ですね」

「三つめは、あいつのきんたまを握って脅迫する」

「臭そうですね」

「弱味や。あいつの弱味を握るんや」

「蒲池の弱味て何です」

「それが分からんから、こうやって悩んどるんやろ」

血圧が上る。エレベーターは上って来ない。

公団住宅を出て公園を突っ切ろうとしたとき、公衆電話ボックスが眼に入った。

私はふと思いついて、

「ちょっと待て」小沢にいってボックスに入った。メモ帳を繰り、伏見の黒田の家の番号を探して電話をする。

――もしもし、黒田です。

――この間お邪魔した府警の吉永です。奥さんにおうかがいしたいことがありまして。

――はあ、何でしょうか。

――蒲池という男をご存知ありませんか、蒲池章太郎。

――知っております。大阪の美術記者の方でしょう。

黒田雅子は、昨年の春から夏にかけて、蒲池が三度、アトリエに顔を出したという。蒲池の用件が何であったかは分からないが、彼が最後に現れたときは黒田の作品を十点ほど車に載せて持ち帰ったともいった。

私は雅子に礼をいい、電話を切ってボックスを出た。

「おい、当りや。蒲池に贋作を預けたんは、黒田理弘や。黒田のやつ、蒲池の偽造鑑定証が欲しいがために、煌春を蒲池に預けたんや」

これで黒田理弘、蒲池章太郎、細江仁司と渡った煌春贋作の流れが明らかになった。

あとはアツモリ画廊をつきとめることだ。

7

胸がむかついて吐き気がする。頭も痛い。きのうは将棋を指しながら、デコと二人でビールを三本、バーボンをボトル三分の一ほど空けた。私は元来、酒はそう強くない。早々に酔いがまわって将棋は三連敗、ニコニコ貯金に三千円を喜捨した。

ブタの貯金箱はずっしり重くなって、そろそろいっぱいだ。十万円は入っている。そのほとんどが私の小遣いだと思うと、実に暗澹《あんたん》たる気分になる。

「な、小沢よ」

私は隣のデスクで京都市内の地図を広げている小沢にいった。「おまえ、将棋はせえへんのか」

「うちの親父と時々指しますけど」

「どっちが強いんや」

「親父です。二枚落ちでもころっと負かされます」

「ほな今度、親父さんに将棋必勝法を訊《き》いてくれ」

「本を読んだらどうです」

「そんな七面倒くさいのはあかん。どんな卑怯《ひきょう》な手段を使《つこ》てもええ、とにかく勝ちたいんや」

「お金を賭《か》けるんですか」

「耳に赤いリボンつけた小豚がな、わしが負けるたびに、にこにこしよる」

「先輩、家で豚を飼《こ》うてはるんですか」

小沢は眼をみはり、かん高い声をあげる。この男が相手だと冗談もいえない。

深町が部屋に入って来た。私のデスクに近づいて、

「今日はどこや」

「京都です。去年の勧業館の展示即売会について、鑑定委員から話を聞くつもりです」

「その前に、ちょっと桃谷《ももだに》へ寄ってくれ」

深町はつい三十分前、若い女の声で、美術年報社社長自殺事件の捜査を担当している警察署と、その電話番号を教えてほしいとの電話が一一〇番にかかってきたという。通信指令本部の係官がその理由を質《ただ》すと、女は黙り込み、電話を切ってしまったため、係官は相手の電話を割り出し、それを深町に報告した。一一〇番は自動逆探知になっている。

「電話の所有者は生野《いくの》槇子《まきこ》いうて、中央区南桃谷町二のマンション、桃園コーポに住んでる。年齢、職業は分からん」

「了解、桃谷へ寄ってみます」

私はずきずきする頭を振って立ち上った。

「それと、今日は六時までに帰って来い」

「会議ですか」

「そう、会議や」

深町の返答を背中に聞いて帳場をあとにした。

地下鉄、谷町六丁目駅の改札を抜けて、谷町筋に出た。渋滞、片側三車線の道路は車の切れ目がない。大阪市内の混雑は年々ひどくなるばかりだ。

駐車違反の罰金を五倍にしたらよろしいねん、そういう厳罰主義で事態は解決せえへん、日によって市内に乗り入れる車のナンバーを制限するのはどうです、誰がそれを見張るんや、交通課です、これ以上市民の恨みを買うわけにはいかん、――埒《らち》もないことを喋《しゃべ》りながら南へ歩く。

南桃谷町、桃園コーポは建築面積の小さい、マッチ箱を立てたような十階建のビルだった。煉瓦《れんが》タイルを敷きつめたエントランスホール、メールボックスの五〇二号室に生野槙子の名札を見つけた。他の部屋も女の名前が多く、それでここがいわゆるホステスマンションだと知れる。生野槙子が水商売の女性なら、彼女は部屋にいるだろう。

エレベーターで五階に昇った。五〇二号室のチャイムを押し続けると、一分ほどしてようやく返答があった。

――誰ですか。

――大阪府警の吉永と申します。今朝、警察に電話をしましたね。

――ええ、はい。

――そのことでお話を聞きたいと思いまして。……開けてもらえますか。

私はドアスコープに向かって手帳を呈示した。

生野槇子は私と小沢をリビングルームに迎え入れた。刑事二人を前にして緊張したようすはなく、どうして警察が自分を探りあてたのか疑問に思っているふうもない。年は二十代前半、皮膚のうすい透けたような肌、眼は細くつりあがっているが、鼻筋がまっすぐ通って、化粧をすればけっこう魅力的な顔だちだ。低いソファ、短めのスカートから伸びた素足が眼にちらちらして気になって仕方ない。

槇子は二年前から美術年報社の細江とつきあっており、この部屋も細江が借りてくれたものだと話した。リビングルームは厚いサーモンピンクのカーペット、細いストライプの布クロス、三方の壁に花や鳥の絵が掛けられて、上品なこざっぱりしたインテリアだ。アールデコ調のサイドボードや革張りのソファ、華奢《きゃしゃ》なガラストップのテーブルなど、家具にも金がかかっている。

「あの人、何で自殺なんかしたんです」

「それはこっちが訊きたいですね。思いあたるふしはないんですか」

「全然ありませんね。あんな図太い人でも、他人に打ち明けられん悩みがあったんやろか」

槙子に細江の死を悼《いた》むようすは微塵《みじん》もない。

「私、いろいろ悩んだんです。……そやかて、ここにはあの人の着替えや預り物があるし、どう処分したらいいか分かりません。私とあの人のことは奥さんも会社の人も知らないから、誰にも相談のしようがないんです。それで私、警察に電話して、どうしたらいいか訊こうと思たんです」

「それ、もうちょっと早《は》ように電話してくれたらね」

細江の死体が発見されてから既に三日が経過している。

「細江さんと最後に会《お》うたん、いつです」

「――十日の夜でした。その日は私、お店を休んだから」

細江は六時ごろ槙子を迎えに来て、千年町のフランス料理店へ行った。食事のあと、マンションに戻り、細江は十二時ごろまでこの部屋にいたという。

「細江さんはここでテレビや新聞を見ましたか」

五月十日は富田林で白骨死体の発見された日だ。

「テレビは見てたと思います」

「あの日、竹の子が白骨死体を掘り起こしたというニュースが流れたんやけど、知りませんか」

「あ、それはよう憶《おぼ》えてます」

「細江さん、何かいうてましたか」

「悪いことはできんもんやな、いうて笑《わろ》うてました」

「それ、ほんまですか」

「ええ、ほんとです」

——細江はニュースを見て笑っていたという。たとえ演技にしろ、そこまでしなくてはいけないものだろうか。自分が殺し、埋めたとしても、だ。

「そのニュースのあと、細江さんのようすに変わったとこはなかったですか」

「なかったと思います」

「失礼ですけど、その夜、細江さんとは」

「は……」

「その、つまり……」

どう表現しようかと考えているところへ、

「情交です。情交はされましたか」

身を乗り出して、小沢が訊いた。あれはされるというほどの高尚な行為ではないと思うが、それはともかく、小沢の質問はこの上なく直截《ちょくせつ》で分かりやすい。

槇子は上半身を引いた。痴漢か変質者に対する眼を小沢に向けて、

「――しました」ぽつりと答える。

私は自問自答した。もし私が黒田殺しの犯人であれば、完全犯罪として隠しおおせたはずの犯行が白日のもとにさらされたその日に、細江のように女とフランス料理を食い、なおかつ抱いたりできるだろうか。――少なくとも私にはできない。絶対にできない。

「――で、その夜以来、細江さんから連絡がない。そして、十八日には能登で死んだことを知ったんですね」

私は確認した。槇子は黙ってうなずく。

「さっき、奥さんも会社の人も二人の関係に気づいてへんといわはったけど、よほどうまいこと隠してたんですな」

「あの人、割に用心深いとこがあるんです。誰にも喋るなと、そればっかりです」

槇子は口を尖《とが》らして、「それに私、あの人と特別な関係やと思たことはいっぺんもありません。あの人はこのマンションを借りて家賃を払うてるだけやし、私はちゃんとお店に出てます」

「けど、小遣いはもろてるんでしょ」

「ちょっとだけ」

それを世間ではパトロンと愛人の関係いうんやないか——私は口の中でそういい、

「なれそめはどんなんです」

「あの人、お店の常連さんです。私のこと気に入って、いつも指名してくれてました」

「店の名前、聞いてませんでしたな」

「畳屋町のディストム。会員制のクラブです」

槇子が脚を組んだ。一瞬、膝《ひざ》と膝の間に白いものが見えたような気がしたのは私の錯覚だろうか。

「細江さんは、ジストマには……」

「ディストムです」

「ディストムにはひとりで」

「時々、お連れさんがありました。デパートの美術部や画廊の方の接待です」

私の視線に気づいたのか、槇子はスカートの脇を手で押さえる。

「蒲池とか黒田という連れは」

「存じません」

熊谷、アツモリ、猪原も槇子は知らないといった。

「去年の八月六日から八日にかけて、細江さんは九州へ出張してます。生野さん、いっしょやなかったですか」

「何でそんなことを知ってるんです」

「やっぱり……」

――きのう、総田が話していた。細江がまわったはずの北九州市と大分市のどの画廊へ照会しても裏が取れないのだ。明日《あした》、総田と文田は九州へ飛ぶつもりで切符の手配を済ましている。

「それは純然たる観光旅行ですか」

「そうです」

――八月六日、大阪空港を発《た》った細江と槇子は昼前に福岡へ着いた。ターミナルビルで食事をしたあと、タクシーをチャーターして油山観音、筑紫耶馬渓《ちくしやばけい》に遊び、市内に戻って博多のホテル日航に宿泊した。

翌七日、二人は鹿児島本線で博多から小倉《こくら》、日豊本線で別府へ行った。地獄めぐりをし、アフリカンサファリを見物したあと、別府温泉の「はすみや」という料理旅館に泊まった。

八月八日、別府から宮崎へ。サボテンセンター、鵜戸《うど》神宮、青島をまわって、宮崎空港から大阪へ帰った。

「三日間、細江さんは会社や家に連絡をしてましたか」

「してません、一回も」

「ホテルや旅館の計算書、タクシーの領収証なんかは」

「持って帰ったらややこしいいうて、その場で破り捨ててました」

なぜだ。なぜ細江はそんな行動をとったのだ。細江が黒田殺害にかかわっているのなら、領収証はアリバイを証明する必須《ひっす》の物証ではないか。

「細江さんの着替えとか預りもん、見せてもらえますか」

「どうぞ、こっちです」

槇子はいったん横坐《よこずわ》りになり、脚を揃えて立ち上った。

リビング奥のバルコニーに面した洋室、槇子はクローゼットの扉を開けた。ワンピースやツーピースに交じって、端に男物のブルゾンとジャケットが数枚吊《つ》られている。どれもグレーや茶の地味な衣服だ。槇子が屈《かが》み込んで下の抽斗《ひきだし》を引くと、そこには靴下やシャツが収まっていた。

「あの人、着替えることなんかめったにないのに、ここに服を置きたがるんです」

細江の心理はよく分かる。そうすることで女に対する独占欲を満足させ、と同時にその浮気を牽制《けんせい》しているのだ。

「これ、警察で引き取ってもらえますか」

いうが早いか、槇子はショッピングバッグを二つ取り出して、細江の衣服をぎゅうぎゅうに詰め込んだ。

「良かった」

「預りますわ」

「あと、預り物もあるんです」

槇子は洋室を出て、玄関横の納戸へ我々を案内し、明かりを点《つ》けた。窓のない約三畳のスペース、両側の棚に衣装ケースや段ボール箱が積み重ねてある。

槇子は左の棚の下から紺色の布張りの函《はこ》をひとつ抜き出した。函は見開きの新聞紙大で厚さは七センチほどある。

「これ、絵です」

槇子は函を床に置き、両手で蓋《ふた》を持ち上げた。中に額装の日本画、九谷の鉢と枝付きの柘榴《ざくろ》が二つ描かれている。右下隅に落款印と、金泥の署名。

「――これ、煌春やがな」

「そう、そんな名前やとあの人がいうてました」

犬も歩けば棒にあたる、いつも遊べば食うに困る、こんなところで煌春の贋作《がんさく》に行きあたるとは思ってもみなかった。布張りの函は全部で五つある。

「去年の暮れです。あの人が車に積んで来て、ここに置いたんです」

「鑑定証はどこです」

「何です、鑑定証て」

「この絵が本物やと証明した書きつけです」

「そんなん知りません。私、こんな古くさい絵に興味ないから」

「ちょっとすんません」

私は屈み込んで函を引き寄せた。中から絵を取り出して裏を向けると、留め金具の下に封筒が挟んである。私は封筒の中から二つ折りの紙片を抜き、広げた。少し黄ばんだ和紙、毛筆で、〈鑑定證《しょう》、第二千八百五十二号、奥原煌春作、『柘榴』、奥原利明〉と書かれ、二カ所に割印がある。

「達筆やな、え」

「これを蒲池が偽造したんですね」と小沢。

「ふむ……」私は振り返って、槙子に、

「細江さんが持って来た絵、十点やなかったですか」

「そう、はじめは十枚でした」

「五点に減ったんは」

「今年に入って、月に一、二枚ずつ、あの人が持って行きました」

「その日にちは」

「──一月と三月の下旬。それと、四月の十八日かな。……あの日はお店の五周年記念のパーティーやったから、よくおぼえてます」

「そのとき、細江さんは何かいうてましたか……例えば、誰に売るとか、値段はいくらやとか」

「あの人、そういう仕事の話はめったにしません」

「どんな些細《ささい》なことでもけっこうです。思い出して下さい」

「さあ……」

槇子は困ったような顔で首を傾《かし》げ、「そういえば……京都へ持って行くとか話してましたね。画廊屋さんに売るというてました」

「それは、アツモリ画廊とか洛秀画廊とか」

「そんなん、聞いてません。私が知ってるのは、今いったことだけです」

槇子は自分の言葉を飲み込むようにうなずいた。

「分かりました。また何かあったら教えて下さい」

私は鑑定証を封筒に入れ、内ポケットに収めた。絵を函に戻して蓋をする。

「その絵、引き取ってくれるんですね」

「車を用意して、取りに来させます」

私は納戸を出てリビングルームへ行き、帳場に電話をした。深町は煌春贋作発見の報《しら》せに少なからず驚いたようすで、折り返し川島を桃園コーポに遣《や》るといった。

「——あと一時間ほどで来ますわ。待ってて下さい」

受話器を置いて、槇子にいった。ソファの上のショッピングバッグを持ち、重い方を小沢に手渡して玄関に向かう。ショッピングバッグはけっこう重い。


「勧業館の展示即売会は倶楽部《クラブ》の主催ですさかい、鑑定委員の面子《めんつ》にかけても、まがいものを売らせるわけにはいかへんのですわ。まあ、長年の商売勘でたいていの絵はざっと見ただけで分かります」

京都・岡崎、美法堂の経営者であり、京都美術倶楽部鑑定委員長の三好浩作《みよしこうさく》は赤ら顔に笑みを浮かべてそういう。三好は七十二歳、五人の委員のうちの最年長者で、足かけ三十年鑑定業務に携わっている。

「そやけど、あの十点の煌春はなかなかの出来でしたな。運筆は最晩年の煌春そのまやし、紙も絵の具もうまいこと古びてた。ちゃんと鑑定証も添付されてるさかい、お客さんはもちろんのこと、眼のきかん画商やったらころっと騙《だま》されまっせ。……わし、あれを見て、すぐに二十年前の煌春贋作事件を思い出しましたがな。偽物とはいえ、あれだけの絵はそうそう描けしません」

「二十年前と同じ贋作者ということは、すなわち黒田理弘の作とみはったんですね」

「そういう噂もありましたな。贋作者が誰であるかは鑑定委員のあずかり知らんことやけど」

「贋作を持って帰るようにいうたとき、仁仙堂の猪原さんはどんな反応をしました」

「とにかくびっくりしてましたな……煌春がわるいとは夢にも思てなかったみたいやし、このことは内密にしてくれと、自分の眼ききのなさを棚に上げて、くどいほど念を押してましたわ」

「それは贋作であることを隠して、他に売りつけるためですか」

「隠す意志はなかったでしょ。品物を売ったあとで、それが贋物《がんぶつ》やと分かった場合は、買い戻した上に一割の賠償金を、売った相手に払うというのが会の定《き》めですさかいな」

「煌春が贋作やと最初に気づいたん、委員長ですか」

「いや、会場委員の熊谷さんですわ。さすがにあの人はええ眼をしてはる」

「熊谷さんいうたら、室町の洛秀画廊のオーナーですね」

洛秀画廊は古くから黒田理弘との取引がある。熊谷は煌春を見て、黒田が描いたと見当をつけたのだろうか。

「熊谷さん、どんなふうな意見を」

「終始一貫して強硬でしたな。委員会の結論が出んうちから仁仙堂に電話して、早《は》よう持って帰れでしたわ」

「なかなか手回しがよろしいね」

「何せ、あの人はやり手やさかい」

笑いながらそういった三好の言葉を、私は皮肉ととった。

「洛秀画廊、急成長やそうですね」

水を向けると、三好はいっそう高い笑い声をあげて、

「洛秀さんは政治家に顔が広いんですわ。そやし、法人客をようけ摑《つか》んではりますんや」

「そういや、どこかの保険会社が五十億のゴッホを買《こ》うたりしてましたね」

「ほんまにむちゃくちゃな値ですな。ゴッホやゴーギャンもええけど、日本の会社は日本人の絵に金を出さなあきまへん。そもそも、ああいう印象派の絵はですな、——」

三好はせり出した腰を引き、ソファに深く坐《すわ》り直して本格的に話す姿勢をとる。

私は腕の時計に眼をやった。午後二時二十分、あと十分だけ三好の話を聞こうと決めた。


——日暮れ。阪急梅田駅に着いて、コインロッカーからショッピングバッグを取り出した。走るように階段を降りて地下鉄に向かう。

「こら、早《は》ようせんと会議に間に合わんぞ」

「そやかて、重いんです、バッグが」

痩《や》せこおろぎの小沢はよろよろした足取りで私について来る。実際、ショッピングバッグは重い。細い提げ紐《ひも》が掌《てのひら》に食い込む。

「ええ若者が情けない。いつも何を食うとるんや」

「今日は先輩といっしょです」

なるほど、そのとおりだ。昼は桃谷の中華料理店で日替りランチ。それから京都へ行き、その帰りに、河原町のカレーショップでドライカレーを食べた。こういう行きあたりばったりの食生活が体にわるいことは重々承知だが、弁当持参の訊《き》き込みというわけにもいかない。

──と、突然、バッグの紐が切れた。袋が開いて衣類が階段に散乱する。

「あちゃあ……」

私はジャケットや下着を拾い集める。勤め帰りのOLたちの憫笑《びんしょう》、下着の中にはメリヤスのおじさんブリーフなどもあって、顔から火が出そうになる。小沢は単なる傍観者といった顔で遠くに突っ立っているだけ。

バッグはもう使いものにならない。私はジャケットを広げて、そこに下着類を包み込んだ。抱えるように持ち上げて近くの化粧品店に走り、いちばん大きなビニールコーティングのショッピングバッグを買う。そのころになって、ようやく小沢が近づいて来た。

「先輩、手伝いましょか」

「それはご親切にありがとう」

新しいバッグにジャケットを押し込んだとき、手にカサッと触れるものがあった。右裾《みぎすそ》のポケット、取り出してみると、それは赤い小さな紙マッチだった。〈喫茶ラウンジ　ルーモア〉左京区銀閣寺南詰——という住所が妙に気になる。私はマッチをハンカチに包んでポケットに収めた。


息せききって帳場に帰り着いたとき、捜査会議は既に始まっていた。十分の遅刻だ。さして広くもないすすけた部屋に、二十人以上の捜査本部員が集まっている。私と小沢が黙って後ろの席につくのを深町が横眼で睨《にら》む。

「——黒田理弘の死体遺棄に関して、新たな展開はみられません」

竹内《たけうち》が立って報告をしている。「竜泉、神山、千早赤阪《あかさか》村の訊き込みはきのうでほとんど終了しましたが、手がかりはありません。現在は地元の素行不良者等をリストアップしている状況です」

「経ヶ岬の方はどないなんや」深町の質問に、

「あきません」

と低く応じたのは、竹内とコンビを組む児島《こじま》だった。「去年八月七日以降、誰も黒田の姿を見てません。黒田はやっぱり、七日に死んだんやと思います」

――丹後半島経ヶ岬附近は潮流が強く、いったん海に沈んだ死体を回収するのは難しいことから、黒田理弘の海中転落は擬装工作であったと断定されている。犯人は黒田を拉致《らち》、あるいは殺害したのち、灯台近くの草地に写生用具を散乱させ、崖《がけ》っ縁《ぷち》のつつじの枝を折り、崖の途中の松に向かって黒田のテニス帽を投げ落としたのだ。経ヶ岬沿いの国道一七八号線を通る路線バス、タクシーに黒田が乗った形跡はなく、犯人は自分の車で黒田の死体（？）を運んだと推察される。

「よし、分かった。素行不良者の調べを続けてくれ」

深町は竹内を坐らせて、「次は細江や。美術年報社社長、細江仁司に関して、まず足取りから報告してもらお」

と、あごをしゃくって原田を指した。原田は広げたノートに眼を落として、

「死体発見現場にころがってた六甲飲料社製の炭焼珈琲《コーヒー》は、能登部駅から二百メートルほど北へ行った食料品店の自動販売機で売ってます。この販売機から、――」

細江の指紋は採取できなかったが、他にこの炭焼珈琲を扱っている店はないため、彼がこの食料品店に立ち寄ったことは間違いないと思われる。しかしながら、能登部、金丸、良川駅の訊き込みをした結果、細江らしい人物の目撃証言はなく、七尾街道を

走る定期バスを利用した形跡もなかった。

「——残るは、金沢市内からハイヤーかタクシーで能登部へ行ったとしか考えられませんな。……きのうから分担してタクシー会社をあたってます」

「JRでいったん七尾へ抜けて、そこからタクシーで引き返した可能性もあるな」

「それは金沢市内の調べが終り次第、洗うつもりです」

「レストランの方はどうなんや……細江がアワビを食うたレストラン」

「それも、まだ特定できません」

桑原《くわばら》が発言した。「金沢市内のホテルと食堂、レストランは合わせて八百軒以上もあるんです。アワビや生ハム料理を出す店がこのうち三分の一として、全部あたるには半月近くかかると思います」

原田と桑原の石川県グループは所轄の応援捜査員を加えて総勢八名。たったそれだけの人員で人口四十万人の金沢市全域を巡り歩こうというのだから、これは確かにしんどい。それで細江が利用した店を突きとめられる確証もない。

深町は小さく嘆息した。

「青酸の入手先は、どこまで調べが進んでる」

「まるで進んでませんわ」

総田が答えた。「年報社の社員からひとりずつ話を聞いたんやけど、メッキ工場とか薬品会社とか、およそ細江が青酸カリを手に入れられそうな取引先や知り合いはひとつもなし。それに、誰ぞが細江に青酸カリを都合したとしても、あっさり喋《しゃべ》るてなことはおませんわな」

総田のものいいはいつもこの調子だ。何でも他人事《ひとごと》のように評して、どこまでやる気があるのか判然としない。

「わし、ひとつ気になることがあるんやけど、細江は手帳を持ってたそうですわ。黒い革製で、どこへ行くにも肌身離さず持ってたんが、ベンツの車内にも死体の発見現場にもなかった。手帳にはプライベートなスケジュールまで書き込んでたというし、こいつを探しあてたら、細江の行動は一目瞭然《りょうぜん》なんやけどね」

「その手帳、細江の自宅にもないんですか」富南署の捜査員が訊いた。

「そう、ないんです」

復唱したのは文田だった。「細江の奥さんといっしょに半日がかりで探しました」

「そのよめはんが隠してるということは」

別の捜査員が訊いた。極端な猪首《いくび》、柔道の高段者らしく耳がつぶれている。

「それはないと思います。……わしの心証ですけどね」

「今日、細江の愛人を特定したとか聞いたんやけど、その愛人宅にはあらへんのかいな」

「愛人宅はちゃんと探したがな。手帳はなかった」

川島がいった。猪首の横柄なものいいが気に入らないのか、ことさらすごみをきかせた口調で、「愛人の名前は生野槇子。中央区南桃谷町の、――」

川島は、私と小沢が京都へ行ったあと、槇子から再度事情聴取をしたのだろう、彼女の履歴や細江との愛人契約の詳細を述べて、

「生野は細江の手帳のことをよう知ってた。米粒みたいな細かい文字で何やかや書いてあったそうや。その手帳を、細江はいつも札入れといっしょに上着の内ポケットに入れてたらしい」

「よろしいか」

児島が手をあげた。「そういうプライベートなことを書いてたからこそ、細江は手帳を処分して服毒したと考えられませんか」

「それも、ま、理屈やな」

「ちょっと待って下さい」

原田がいった。「細江はまだ自殺と断定されたわけやおません。青酸の入手先と細江の足取りが判明するまでは、自他殺両面から捜査を進めないかんのやし、ひょっとして他殺なら、手帳は犯人が持ち去ったと考えることもできます」

――また始まった。五月十七日の死体発見以来、原田は一貫して慎重論を吐き続け

ている。原田の意見は確かにひとつの見識ではあるのだが、私には、細江が何者かに誘われて山の中に入り、なおかつ、毒入りのコーヒーを飲まされたという点がどうにも納得しがたい。私はやはり、細江は自らの意志で死に場所を探し、服毒して果てたと考えたい。その動機については少なからず疑問点もあるが、それはこれからの捜査で明らかにすることだ。

「わし、主任の意見に賛成でんな」

ぽつりと総田がいった。「細江は山の中で死んだことになってるけど、あんなもん、その気になれば簡単に擬装できますわ。どこぞ別の場所で殺して、死体とその嘔吐物《おうとぶつ》を運んで来たらよろしいねん。細江が苦しんだように現場を踏み荒らして、死体のまわりに嘔吐物を撒《ま》いといたら、そこで服毒したとみなされますがな。……能登部の駅や路線バスに細江の目撃証人がいてへんのも、犯人が車に死体を積んでいたからで、そう考えたら、手帳がないことにも納得がいきますがな」

「こらおもろい。ついに総長まで宗旨《しゅうし》変えかい」

「細江には自殺の動機がおません。会社は順調やし、金もある。若い愛人もいてる。よめはんがいうには、夫婦仲はわるうないし、ひとり娘を嫁にやって、もうすぐ初孫の顔も見られる。……何が不足で自殺せんならんのです」

「不足はあるやないか。細江は黒田殺しの参考人や」

「重要参考人ではないですがな」

「うむ……」

川島は言葉に窮した。

「先輩」

傍らの小沢が耳許《みみもと》でいう。「ぼく、総田さんの方が旗色ええように思います」

「ああ見えても、総長は理論家やからな」と、私。

「——今日、細江のアリバイが証明されたそうですな」

総田が言葉を継ぐ。「去年の八月六日から八日、愛人と九州旅行をしたということは、細江は黒田殺しにかかわってないと考えられませんか」

「そんなもん、アリバイといえるような代物やない。経ヶ岬の擬装は誰ぞ別の人間にやらせたんかもしれんし、ひょっとしたら黒田自身の工作という線もあり得る。黒田が八月七日に殺されたという確証がない以上、アリバイを絶対視するわけにはいかん」

「先輩」小沢がまた話しかけてきた。

「何じゃい」

「係長のいうことも、もっともですね」

「いちいち評論をするな。おまえには主体性とか定見というもんがないんかい」

つい大声になってしまう。まわりの視線を感じて、あわてて下を向く。

「よっしゃ。そのアリバイを含めて、明日《あした》からは時間表作りを重点目標にしよ」

深町がデスクに両手をついて立ち上った。

「今まで捜査線上に名前の出た関係者全員の行動を、去年の八月七日前後はもちろんのこと、白骨死体が発見されてから以降、一日ごとに洗い出してくれ」

それはまことにけっこうですね、班長――私は喉《のど》の奥でいった。

蒲池や熊谷はどないしますねん、あの矢野のチャップリンも一筋縄でいくタマやおませんで。こんな頼りないのを引き連れて、わしには荷が重すぎますがな。

暗い眼で横を見ると、小沢はメモ帳に何やら書きつけている。ポキポキ折れるような稚《おさな》い文字で、〈重点目標＝関係者全員のアリバイ〉――そう読めた。

8

「――そういうわけで、去年の八月七日前後の一週間と、今年の五月十日以降の行動を教えて欲しいんですわ」

「何と、わしゃ容疑者扱いかい」

「関係者全員の行動を洗い直すことにしたんです」

「愛される市民警察いうのは口先だけやな」

矢野はひとつ嫌味をいって天井を仰ぎ、「十日は、西京極の作家の家へ行ったな。それから――」

ぽつりぽつり話し始めた。小沢がメモをとる。

「――で、きのうは一日がかりで掛軸の発送。しんどなって十一時には寝た。……と、そんなとこかいな」

「今の話、裏を取らしてもらいますけど、よろしいね」

「あかんというても取るんやろ」

「ま、そういうことです」

私は腰をあげた。

「あれ、もう帰るんかいな」

「これから寄るとこがありまして」

「あんた、アツモリ画廊の正体、突きとめたか」

「残念ながら、まだです」

「あてはあるんかいな」

「ないこともありません」

「どういうあてなんや、え。髭《ひげ》のおじちゃんに話してみ」

「それはその、捜査上の秘密ですわ」

「水くさい。このわしにも喋《しゃべ》れんか」

「喋ってええ時が来たら、喋ります」

私は逃げるようにして昭嶬堂を出た。

私と小沢は千本今出川から銀閣寺行きのバスに乗った。最後列のシートに坐《すわ》ったとき、

「あれっ」と小沢がいう。

「どないした」

「いや、横断歩道を矢野さんが歩いてたような気がしたんです」

「おらへんやないか、どこにも」

私はリアウインド越しに後ろを見る。

「おかしいな。見間違えたんやろか」

「矢野にも短いながら足がある。そこいらを歩いたところで不思議はない」

「ぼく、夕暮れ時になると、ものが見えにくいんです」

「そらおまえ、トリ目やで。ビタミンAの欠乏や」

「どうやったら治ります」

「フライドチキンを食うんやないか」

——銀閣寺道でバスを降りた。南へ歩く。

銀閣寺南詰の喫茶ラウンジ、ルーモアは白川通に面した三階建の小さなビルの地下にあった。昼の二時だというのに、歩道の立看板に照明が入っている。

「先輩、喫茶ラウンジて何です」

「昼は喫茶店、夜はラウンジになるんやろ」

「ラウンジはバーやクラブとどう違うんです」

「ラウンジにはカラオケがあるけど、クラブにはない。それだけの違いや」

口から出まかせだ。

「ほな、ルーモアいうのは」

「ユーモアのフランス語読みやないか」

タイル貼りの階段を降りた。突きあたりのガラス扉を押す。

「いらっしゃいませ」カウンターの中で洗いものをしているポニーテールの女がいった。

店内はけっこう広く、左にカウンター、右に四つのテーブル、学生風の男女が奥の席で漫画を読んでいる。カラオケやテレビはどこにもない。

私と小沢はカウンターに腰かけた。コーヒーを二つ注文してから、

「すんません、ちょっとお訊《き》きしたいことがあります」手帳を呈示した。

「刑事さんですか」

ポニーテールの不安げな顔。ピンクのトレーナーを着て、初めは若いと思ったが、そばでみるとそうでもない。私より二つ三つ年上か。

「失礼ですけど、お名前は」

「藤原《ふじわら》です。藤原久美《くみ》」

「ママさんですか」

「違います。私はパートで、昼の喫茶だけをお手伝いしてるんですけど……」

「ちょっと見て欲しいもんがあるんです」

私はポケットから黒田と細江の写真を出して、カウンターの上に並べた。

「こんな客が店に顔を出したことはないですか」

「――あります」

「えっ……」あまりにもあっさりした答えに面食らった。

「この人が来はりました」

久美は細江を指で押さえた。細江は去年の暮れに初めて店に現れ、それから三回ほど来店したという。

「いつもお二人でした」

「連れは女ですか」

「男の方です」

年齢は五十代後半、飴色《あめいろ》のべっ甲縁の眼鏡、髪をオールバックになでつけた上品そうな紳士だったという。

「そのべっ甲の眼鏡の人がいつもココアをオーダーして、それにバターを溶かしてくれといわはるんです。おまけに、そのココアをお代わりしはるから、それでよう憶《おぼ》えてます」

細江の連れはいったい何者だ。その男がアッモリなのだろうか。

「二人の話の内容なんかは聞いてはらへんのでしょうね」

「はい、聞いてません」

久美はパーコレーターにフィルターをセットする。

「もちろん、名前は知りませんね」

「知りません。知りませんけど……」

久美は遠くを見る眼で、「聞いたことはあります」

「ほんまですかいな」

「あれはだいぶん前やけど、べっ甲眼鏡の人が先に店に来てはったことがあるんです。そして、もうひとりが待ち合わせに遅れたんか、電話が入って、何とかさん呼んでくれといいました」

「その、何とかさんいうのは」

「――さあ、どんな名前でしたやろ」

久美は湯を注ぐ手を止めて考える。私はじりじりして彼女の言葉を待つ。

「――すみません、思い出せません」

「アツモリいう名前やなかったですか」

「いいえ、違います」久美が小さく首を振ったとき、

「熊谷でしょ」と小沢がいった。

「あ、そうそう、そんな名前でした」

久美は、今度は首をたてに振る。

「それ、間違いありませんね」と、私。

「はい、間違いありません」

「分かりました。今度は熊谷の写真を持って来ますし、確認をして下さい」

私はついほころびそうになる口許《くちもと》を引き締めて、小沢の方に向き直った。「おまえ、細江の連れが熊谷と分かってて、何で早《は》ようにいわんかった」

「今、気がついたんです。熊谷はオールバックの髪で、きざなべっ甲の眼鏡をかけてます」

「こいつはどうも、アツモリと熊谷は同一人物かもしれんぞ」

細江と熊谷は、二人の関係を知られたくなかったのだ。室町の洛秀画廊から遠く離れた銀閣寺道まで来たのも、たぶん熊谷の方が、顔がさすのを嫌ったためだろう。

「二人のようすはどないでした。親しそうにしてましたか」

「そんなふうには見えませんでした。いつも難しそうな顔して、奥の席でぼそぼそ話してました」

アツモリが熊谷であれば、二人の話は想像がつく。煌春の贋作《がんさく》の売買交渉だ。

私は細江の写真を指さして、

「この男が大きな額縁を店に持ち込んだことはなかったですか」

「お二人とも、いつも手ぶらでしたけど……」

「駐車場はあるんですか、このお店」

「あります。このビルの西隣です」

「二人がここに来た正確な日にちは分かりませんか」

「さあ、そこまでは……」

困った。ここが要点なのだ。

久美は私の渋い顔を意識したのか、

「すみません、日にちまでは憶えてないんです」

いって、カフェフィルターに沸騰させた湯を注ぎ足す。荒挽《あらび》きの粉がぷっくり膨れあがった。

「あの……」

小沢が口を開いた。「ここ、喫茶のお客さんはあんまり多いことないんでしょ」

「はい、夜に較べたら……」

「ほな、伝票を調べることできませんか。人数が二人で、ココア二杯と、その他の飲みものが一杯の伝票を」

「あ、そういう方法もありますね」

久美はポットを置いた。「ちょっと待って下さい。レジのロールペーパーが上にあるはずやし、もらって来ます」

「上、いうのは」と、私。

「この店の持ち主です。一階の不動産屋さんです」

久美はカウンターをくぐり抜け、小走りに店を出て行った。

「小沢、おまえ、お手柄や。ココア二杯によう気がついた。こいつは無条件に褒めてもええ」

いうと、小沢は顔中で笑って、

「ぼく、ココアが好きですねん。甘い甘いのをおかあはんによう作ってもらいます」

ついでにおっぱいも飲ましてもろてんねやろ――いおうとしてやめた。私はそんなに人柄はわるくない。

久美が段ボール箱を抱えて戻って来た。中にガムテープに似た白い紙のロールが二十本ほどあって、これらがキャッシュレジスターの明細の控えだという。ルーモアではこのロールを月に五本使用する、と説明する。

私と小沢は段ボール箱を受け取ってボックス席に移った。テーブル上にロールを積み、一本ずつ巻き戻しながら、プリントされた人数と飲食物、日付を確かめて行く。字が小さく、行間が詰まっているから、存外、骨の折れる作業だ。

――一本めを調べ終えたとき、久美がコーヒーを運んで来た。

「えらいすんませんな、散らかして」

「いえ、けっこうです。他にお客さんいてはらへんし」

学生風の男女はさっき出て行った。

「刑事さんら、何の事件を調べてはるんです」

「わるいけど、それは内緒ということで……」

「藤原さん」

小沢が手を休めていった。「ルーモアいうのはどんな意味です」

「噂、です」

「フランス語ですか」

「英語です」

「こら、四の五のいうてんと、早《は》よう仕事せい」

私は小沢の前にロールをころがした。

――そして、三本め。

「あった、ありました」

「ほんまかい」

私はロールをひったくった。〈三月二十二日。人数、2。ココア2、レモンティー1〉と、ある。

「よし、これや。間違いない」

私はメモ帳に日付を書き写した。

「まだあるはずや。どんどん進め」

ルーモアのパーキングは駐車台数が七台、そこだけぽっかり穴があいたように、敷地の三方をビルに囲まれていた。奥に不動産屋のライトバンが二台駐《と》められている。

「細江と熊谷、ここで絵の受け渡しをしたんやろ」

「偽物の取引いうのは、やっぱり後ろめたいとこがあるんですね」

「あるからこそ、こっそり顔を合わせたんや」

細江が愛人のマンションから絵を持ち出したのは、一月と三月の下旬、四月の十八日だった。そして、細江と熊谷がルーモアに現れたのは一月二十五日と三月二十二日、四月十九日である。

「早《は》よう熊谷のアリバイを洗わないかんな」

たばこを抜いて咥《くわ》えた。俯《うつむ》いて火を点《つ》けようとしたとき、視界の隅を黒いものがよぎった。

私は顔を上げて大きく伸びをした。その黒いものは道路の向こう、和菓子屋の右横の路地にひそんでいる。

「おい、行くぞ」

私は小沢を呼んだ。「ここを出たら、よそ見をせんとわしのいうとおりに歩け。離れたらあかんぞ」

「何かあるんですか」

「ないこともない」

私と小沢は並んで歩きはじめた。銀閣寺道に向かう交差点を左に折れて、すばやく角の信用金庫の壁に張りつく。

「どうしたんです、先輩」

「シッ」

和菓子屋の路地から男が顔をのぞかせ、そして姿を現した。

「あっ、矢野ですがな」

「わしらを尾《つ》けて来よったな」

矢野は走って白川通を渡り、ルーモアの階段を降りて行った。

「あの狸、とうとう尻尾《しっぽ》を出しよった」

「ルーモアで何をする気です」

「分かりきったこと、……わしらが何を調べ、どういう事実が判明したかを探るんや」

「踏み込んで、矢野をひっ捕えましょ」

「あほいうな。あいつはわしらを尾行しただけや。犯罪事実がない」

いいつつ、私の思考はめまぐるしく揺れている。人を尾行することはあっても、尾けられたのは初めてだ。この状況をどう収める。

落ち着け、考えるんや、自分にいいきかせて、前に屈《かが》んでいる小沢の肩に手を置いた。小刻みに震えている。


矢野がルーモアから出て来たのは二十分後だった。手を上げてタクシーを拾う。

「うわっ、逃げられる」

小沢が離れようとするのを、襟首摑《つか》んで引き寄せた。

「うろちょろするな。見つかるやろ」

矢野を乗せたタクシーは私たちの眼前を走り抜けた。しばらく待って私は車道に身を乗り出す。こういうときに限って後続のタクシーは来ない。矢野のタクシーは銀閣寺道の交差点を北へ直進した。

「映画やテレビやったら都合よう車が停まるのに」

小沢が小便をこらえる子供のように飛び跳ねる。

――矢野のタクシーは見えなくなり、そこへやっと空車が来た。私と小沢はころがりこむ。

「運転手さん、まっすぐや。まっすぐ行って」

「行先は」

「分からん」

私は手帳を見せた。「わしら、尾行中ですねん」

「へーえ、わし、こんなん初めてや」

運転手は乱暴にクラッチをつないで発進した。「何ぼ飛ばしても捕まりまへんな」

「え、ええ……」

それは請け合えない。

信号を三つ越えたところで二百メートル先に矢野のタクシーが見えた。急発進、急停止、割り込み、運転手は次々に先行車を抜いて行く。私は吊り革《かわ》を握りしめて何度も床に足を突っ張るが、運転免許のない小沢はまるで平気な顔だ。

矢野のタクシーは一乗寺、修学院を過ぎ、高野川に架《か》かる花園橋を越えた。私たちの車は間に宅配のトラックをはさんで矢野を追走する。

「このまま、まっすぐ行ったら、どこです」

運転手に訊《き》いた。

「岩倉ですな。その先は鞍馬《くらま》、天狗《てんぐ》の住んでるとこです」

笑えない冗談を運転手はいって、「おたくらが尾けてるの、何の犯人です。泥棒ですか」

「そう、泥棒です」

面倒だから、適当にあしらう。

「何を盗んだんです」

「パンツですわ、ベランダの」

「そういや、去年、うちのおばはんも盗《と》られましたわ。ええ年して派手なズロースはくからやいうて怒ったりましてん」

運転手は五十代後半だ。よめはんの年を考えれば、パンツ泥棒に同情せざるをえない。

矢野のタクシーは変電所の手前を左折した。三百メートルほど行って、右の指示器を点滅させる。どうやら目的地に近づいたようだ。

「このあたりは」

「大鷺《おおさぎ》町ですわ」

タクシーは住宅街に入って行き、その一角だけこぢんまりした建売住宅の並んだ袋小路の入口に停車した。

ここでストップ、私は運転手にいい、ようすをうかがう。

矢野がタクシーを降りた。左角から二軒めの家の門扉を押し開け、玄関のチャイムを押すと、内側からドアが開いて、その姿が消えた。

「運転手さん、わるいけど、あの表札の名前を確かめてもらえませんか」

私が行けば窓越しに顔を見られるおそれがある。

運転手は外に出て、すぐに戻って来た。

「安井《やすい》清山堂《せいざんどう》。隣に小さく安井健次《けんじ》いう名前が入ってましたわ」

「おまえ、この車で近くの交番へ行け」

私は小沢にいう。「安井に関する情報を仕入れたら、次はルーモアへ寄って、矢野が何を聞きよったかを調べるんや」

「先輩はいっしょやないんですか」

「わしはここで張り込む。落ち合うのは笹屋町、こないだ入った釜《かま》めし屋の隣の喫茶店や」

「落ち合う時間は」

「分からん。矢野次第や」

言い置いて、私は車を降りた。

西の空が赤く色づき始めた。子供を呼びに来た母親が胡散《うさん》くさそうな視線をこちらに向ける。

同じところにじっと立っているのも奇異に映ると思った私は十分ごとに場所を移動

して、今は児童公園のブランコに腰かけている。ここは安井の家から百メートル以上離れているが、木犀《もくせい》の植え込みの間から袋小路をまっすぐ見通すことができる。

今ごろ、デコは晩飯を作っとるやろな、また今日もいっしょに食われへんかったがな、ためいきついてポケットのたばこに手をやったとき、矢野が姿を現した。私は立ち上る。

矢野はこちらに歩いて、四つ角を右に曲がった。私は公園を出て少し走り、距離をつめる。あたりに人がいないから、物陰伝いに尾行しなければならない。

住宅街を抜けて、矢野はバス通りに出た。私は生垣の陰。

タクシーが停まって、矢野が乗り込んだ。発進する。

私はバス通りへ走った。ここでまかれたりしたら、小沢に軽んじられる。

「こら、タクシー、早《は》よう来んかい」両手を振りまわしたところへ、後ろから、

「吉永はん」という大声。驚いて振り返ると、矢野がタクシーのサイドウインドから顔を出している。私はひきつりそうな笑いを浮かべて、矢野に近づいて行った。

「吉永はん、あんた、道で踊ったらあかんがな。わし、ひょいと後ろ見て、びっくりしたで」

「誰が踊りますねん、誰が」

「ああ怖《こ》わ、そんな嚙《か》みつくようなものいいせんでもええがな」

矢野は首を引っ込めてドアを開けさせた。黙って乗り込むと、タクシーは動きだした。

「あんたも人がわるいで。尾けるなら尾けるというてくれたらええのに」

「どこの世界に知らせてから尾行するあほがいてます」

「尾けて尾けられ、今日のとこは引き分けやな」

矢野は二本の指でちょび髭《ひげ》をなでる。

「ルーモアで何をしたんです」

「あんたらがどういうことを調べたか知りとうて、な」

「ルーモアのおばさん、喋《しゃべ》りましたか」

「喋った、喋った。熊谷と細江の人相まで喋ってくれたがな」

「矢野さん、身分を詐称《さしょう》したんやないでしょうな」

「そんなやばいことするかいな。わしはただ、『合流するのがちょいと遅れてしもた。わるいけど、もういっぺん教えてくれまへんか』と、そういうただけや、自分が刑事てなこと、ひと言もいうてへん」

「死んだら閻魔《えんま》さんに舌抜かれますな」

「かまへん。何枚もあるさかい」

「とにかく、この件はひとつ貸しでっせ」

「しゃあない、ひとつ借りとこ」

「あの安井健次いうのは何者です」

「ああ、あいつは古美術ブローカーや」

──安井健次は京極デパートの元外商部員だった。十年前、贋作《がんさく》を顧客に売りつけてデパートを馘《くび》になったのを、熊谷が拾い、画商として独立させたもので、いわば子飼いの美術ブローカー的な存在だという。

「市場に流通する美術品は必ずしもまともなもんばっかりやない。時には盗品もあるし、詐取されたもんもある。買い取ったあとで贋作やと分かることもある。そういうややこしい品物を摑《つか》まされたとき、それを熊谷は洛秀の看板に傷がつかんよう、安井清山堂を通して地方の素人客に売りとばすんやがな」

「その安井に、どんな用事があったんです」

「わし、熊谷がアツモリであることを確かめたかったんや」

「アツモリはやっぱり熊谷ですか」

「そう、熊谷や。わしのこの髭にかけて間違いない」

矢野はきっぱりいって、「わし、細江と熊谷のデートを知って、やっと気がついた。アツモリいうのは、やっぱり平敦盛なんや。……一ノ谷の合戦で、敦盛は熊谷次郎直《なお》実《ざね》に討たれた。平家物語では、敦盛はどえらい美少年で、直実の子、小次郎と同じ年格好やった。それを直実は不憫《ふびん》に思て助けようとしたんやが、土肥《どひ》、梶原《かじわら》の軍勢が迫って来たんで、泣く泣く敦盛の首を討ったんや。これが一因で、直実はのちに出家したと、そういうエピソードやがな。敦盛と直実の物語を知りながら、簡単な語呂合《ごろあ》わせに気がつかんかったとは、我ながら情けない」

「しかし、洛秀ほどの一流画廊が贋作を買《こ》うたりしますか」

私は熊谷とアツモリの一致を確信しつつ、訊《き》いてみた。

「買うのは洛秀やない、熊谷個人や。そうであるからこそ、熊谷はアツモリなる偽名を使《つこ》たんやないか。十五号の煌春の真作は一千万を超えるし、一点でも本物として売れたら、充分金儲《かねもう》けになる」

「なるほど、理屈は通りますな」

「わしゃ、通らん理屈と坊主の頭はゆうたことがない」

「それで矢野さん、安井には」

「わし、安井にいうたがな……煌春の出物はないか、ええもんでもわるいもんでも、あったら買う、とな」

「安井はどう答えました」

「ここんとこ煌春を扱《あつこ》うたことはない。手に入ったら連絡すると、こうや。あのダボハゼが儲け話を前にして嘘をついたりせえへん」

「ほな、熊谷は細江から偽煌春を買い取らへんかったんですか」

「そうやない。偽煌春はまだ熊谷の手許《てもと》にあるというこっちゃ。確かめる方法もある」

車は川端通に入った。日は暮れ落ち、高野川の川面《かわも》に映る対岸の明かりが幾筋もの線になって揺れる。

「矢野さん」

私は上半身を起こした。「そろそろ正直なとこ聞かせて下さいな」

「何や、正直なとこて」

「我々の捜査にこれほどまで執心するのはどういうわけです。尾行してまで摑みたいことというのは、ほんまは何です」

「そんなもん、単なるやじ馬根性やがな」

そこで矢野は言葉を切り、ふっと笑って、「という言い訳はもう通用せんやろな」

「そう、通用しません」

「しゃあない、ほんまのこと話そ。……黒田理弘に十点の煌春を描かしたんは、このわしやがな」

「何ですて……」

「去年の正月から春にかけて、わしは黒田はんに煌春の贋作を描いてもろた。ひと儲けしたかったんや。招福の軸絵なんぞ何枚売ってもたかが知れてる。十五号の煌春が、十点のうち半分でも真作として売れたら、三千万、四千万の金が労せずして手に入る。わしは黒田はんをプロデュースして、本物以上の芸術的贋作を生み出したいと考えたんや」

——矢野は黒田に一点あたり六十万円の画料を払うと約束し、手付として半金の三百万円を渡した。黒田はそれで紙を買い、天然の岩絵の具を揃えて仕事にとりかかった。一方、矢野は鑑定証を偽造すべく、山科の古美術商にその制作を依頼した。そして、十点の煌春が完成したのは五月の末だった。

「ところが、ちょうどそのころ、わしの昭峩堂に税務調査が入ったんや。追徴金は一千万。黒田はんに用意した残金の三百万はもちろん、他の作家に払う画料まで持って行かれてしもた。わしは煌春を売って金を作ろと思た。黒田はんに二点ほど預らしてくれと頼んだら、残金と引き換えでないとあかんというんや。しゃあない、わしは黒田はんに、夏まで待ってくれというた。鑑定証はこっちが持ってるんやし、黒田はんが煌春を勝手に処分するとは夢にも思わんかった」

「ところが、黒田は自分で鑑定証を調達しようとしたんですね」

「あんな蒲池みたいなアマチュアの、出来のわるい鑑定証をつけるから、ばれてしもたんや」

「ほな、前金の三百万は丸損ということですか」

「ひどい契約違反や。煌春の十点のうち、少なくとも半分はわしのもんやで」

あほくさ、私は鼻で笑った。非合法の贋物作りに契約違反もないもんだ。

「ひとつ訊きたいんやけどな、この事件が解決したとき、煌春は誰の所有になるんや」

「そいつはまだ何ともいえませんな。黒田と仁仙堂の売買契約が正式になされたものかどうか、また細江と熊谷の取引がどうであったか、絵と金の流れが明白になるまでは、結論は出ませんやろ」

「あんた、わしが黒田はんに三百万払《はろ》うたことを忘れたらあかんで」

「忘れはせんけど、それを証明する書きつけなんかはあるんですか」

「あるわけないがな、贋作やのに」

「あんまり欲の皮を突っ張らかすと、我が身に火の粉が降りかかりまっせ」

「くそっ」矢野はひとつ舌打ちをし、

「わし、やっぱりこの話はせんかったらよかったな」

いって、私の顔を覗《のぞ》き込む。「あんた、このわしを疑《うたご》うてるやろ。わしには動機があるよって、黒田はんを殺したんやないかと」

「その件は捜査本部に帰って全員で検討します」

「ふん、警察も税務署もいたいけな納税者をいたぶるばっかりや」

矢野はふてくされたようにそういい、把手《とって》をまわしてウインドをいっぱいに開けた。

排気ガスの臭いが鼻をつく。

「矢野さん、さっき、五点の煌春は熊谷が所持してる、確かめる方法もあるといいましたね。それ、どんな方法です」

「極めてオーソドックス。洛秀の人間をスパイに仕立てるんやがな」

「スパイてなもん、容易には見つかりませんで」

「獅子《しし》身中の虫いうのは、あんた、どこにでもおるんやで」

「その口ぶりはあてがあるみたいですね」

私は期待した。洛秀画廊の中にスパイがいれば、煌春の所在はおろか、熊谷のアリバイも洗うことができる。

「運転手さん、わるいけど行先変更や」

矢野はウインドを閉めながらいった。「神宮道。三条通から北へ上って」


「ほれ、あれが松村や」

ささやいて、矢野はあごをしゃくった。神宮洛秀画廊から出て来たその小柄な男は上着を体に馴染《なじ》ませるように、二、三度肩を上下させてから三条通に向かって歩き始めた。矢野と私は二十メートルほど離れてあとを追う。

――松村はな、民政党議員の安倉範明《やすくらのりあき》の私設秘書やったんや。それが、二年前、親分の不正献金疑惑で詰め腹を切らされた。今は洛秀画廊が預って、神宮道にある第二画廊に派遣してる。この画廊はいわゆる貸画廊で、個展やグループ展の会場を貸すだけやし、松村はただ坐《すわ》ってるだけでええ。

──つまり、洛秀は民政党新谷派のご用達《ようたし》画廊やがな。企業や法人が新谷派の議員の袖《そで》の下に札束を放り込みたいとき、彼らは洛秀で超一流作家の日本画を買う。そして、この絵をお邸《やしき》の応接間にでも掛けて下さいと持参する。もろた議員は、その絵を右から左に洛秀に買い戻させて現金を手にする、とそういう構図になっとるわけや。世界市場に通用せん号一千万クラスの日本画が存在するのは、こんな需要があることもひとつの理由やな。

──で、松村は洛秀に骨を埋める気なんぞ毛頭ない。一日でも早よう政界へ現場復帰したい。そやし、画廊商売を習うつもりはあらへんし、熊谷も教える気はない。いつやったか、倶楽部《クラブ》で松村と顔が合《お》うたとき、ぶちぶちとそんなことを喋《しゃべ》ってたわ──。

「松村の家、どこです」

「確か、丹波橋やと聞いたけどな」

三条通に出た。松村は東山三条まで歩いて京阪電車に乗るつもりだ。

矢野は走って松村に追いつき、声をかけた。折り入って話がある、と近くの喫茶店に誘う。松村はあっさり了承して、ついて来た。年は四十半ば、口が大きく、眼と眼の離れたその顔はナマズを連想させる。どこかしら川島に似ているといえなくもない。

「何ですか、話っていうのは」

席につくなり、松村は矢野に向かって咎《とが》めるようにいった。私の紹介を求めようともしない。

「その前に、わしの連れが挨拶《あいさつ》したいそうですわ」

松村に私は名刺を差し出した。

「大阪府警捜査一課……どうも剣呑《けんのん》ですな」

「吉永はんは例の黒田画伯の事件を調べてはりますねん。ほいで、洛秀画廊の内情を知りたいとかいわはってね、――」

矢野は松村の表情をうかがうように低く切り出した。


「わし、つくづく感心したな」

私はたばこを吸いつけて、切り出した。「矢野は根っからのペテン師や。ほんまにもう、口のうまいこと、うまいこと。松村の顔色を読みながら、おだてたりすかしたりして、結局は協力を約束させよった。運のええことに、松村は安倉からそろそろ帰って来いといわれてて、熊谷の裏の顔を知り、それを安倉への手土産にしようと考えたんやな。そのうえ、わしらに協力して警察に貸しを作るのも損ではないと踏んだらしい。思惑と損得勘定で動く政治屋らしい発想や」

「けど先輩、その松村が寝返ったりする心配はないんですか」

「仮に寝返ったところで、わしらには何の不利益もないやないか。それで松村や熊谷が妙な動きをするようなら、それこそルビンの思う壺《つぼ》や」

「何です、ルビンて」

「知らんか……壺にも見えるし、人の横顔にも見える騙《だま》し絵や」

「松村はぼくらを騙すんですか」

「騙すんやない、騙し絵や」

「騙し絵て、何です」

「しんどい、もう訊《き》くな」

笹屋町の喫茶店、ここで小沢は二時間も私を待ったという。たった一杯のコーヒーで大した度胸だ。

小沢が大鷺町の派出所で訊き込んだところでは、安井健次は三十九歳、妻と、子供が三人の五人家族で、大鷺町には十二年前から居住している。職業は美術商、勤務先等は不詳だった。

また、ルーモアの藤原久美によると、矢野は私たちが得たと同じ情報——細江と熊谷が密会していた――を聞き込んでいた。その際、彼が警察官を詐称した事実はないという。

「矢野はわしの理路整然とした追及にとうとう口を割りよった。あいつ、黒田理弘に三百万という大金を突っ込んだんや」

私は矢野が贋作《がんさく》プロデュースしていた件を小沢に説明して、「あの小悪党、ほんまに油断がならん。ああいう両刃《もろは》の剣は利用するだけ利用して、早いうちに捨てるのが常道や」

「さすが先輩、勉強になりますわ」

小沢はあくびをしながらそういう。

「おまえ、本気で聞いとるんかい」

「聞いてます、一所懸命」

「ほな、わしの話したこと、復唱してみい」

「矢野は悪党です。早《は》よう切り捨てなあきません」

「誰がそんなこというた」

胃がきりきりする。まるで理解していない。

「さ、行くぞ。もうひと仕事や」

私はコーヒーを飲みほして席を立った。これから銀閣寺前の藤原久美のところへ行く。さっき矢野にもらった熊谷の写真――美術雑誌のグラビアに熊谷の対談写真があった――を見せるためだ。

9

五月二十二日、午前、糠雨《ぬかあめ》の中を、私と小沢は洛秀画廊を訪ねた。熊谷信義は、小沢から聞いたとおりの風貌《ふうぼう》だった。オールバックの髪、べっ甲縁の眼鏡、切れ長の眼、一文字に結んだ薄い唇。別誂《べつあつら》えらしいダークグレー、ピンヘッドストライプのスーツにライトブルーのシャツが映えて、いかにも芸術家風な雰囲気を漂わせる人物ではあるが、その言葉と態度は自信に満ちており、時には傲慢《ごうまん》な印象を与える。

「――ええ、美術年報社とはかれこれ十年の関係です。社長の細江さんに面識はありますが、個人的なつきあいはないですね。むろん、酒席をいっしょにしたことなどありません」

「年報社とはどういう取引です」

「年鑑に画廊の広告と、作家名の掲載を少しお願いしています」

「掲載料は画家が払うんやないんですか」

「うちが力を入れている作家については、うちが払います」

熊谷はソファにもたれかかって脚を組み、「年鑑の出版社は主要なところで八社もあるんです。あと、業界紙が大小合わせて約三十、各社まんべんなくおつきあいしていたら、その種の経費だけで大へんな額になりますよ」

「熊谷さん、ニュージャパン・アートジャーナルの蒲池章太郎をご存知ですか」

「名前は知っています」

「名前だけですか」

「あと、多少の噂は耳にします。概して評判はよくないようですね」

「その、多少の噂というのを教えて下さい」

「ブラックジャーナリストの常套《じょうとう》手段ですよ。……アートジャーナル紙で取り上げた作家から掲載料をせしめる。各種展覧会の紹介記事、評論を書いて、その対象団体、画塾から協力費を得る。そしてまた、美術ブローカー的な絵ころがしにも精を出す。まめに動きまわってるんじゃないですか」

「鑑定証の偽造もするそうですね」

「そういえば、そんなこともありましたね。富岡観斎の贋作でしょう」

「去年の夏、京都勧業館の日本画展示即売会に奥原煌春の贋作が出ました。その贋作に添付された鑑定証も、蒲池が偽造したという説があるんです」

熊谷の眼を見ていった。

「それは初耳ですね。まだ懲りないってことだ」

熊谷は眼を逸《そ》らすでもなく、静かな口調で応じる。

「で、その贋作は出品者である仁仙堂、つまり細江氏が引き取ったわけやけど、細江氏はそれを京都の画商に売ったんです」

「古美術の世界では品物の八割から九割までが贋物です。業者はそれと知っていて取引する。贋物も市場から一歩外へ出れば、すべて本物に化けるんです」

「アツモリというんです、煌《こ》春を買うた画商」

「程度の低い画商ですな」

「ご存知ないですか、アツモリ画廊」

「聞いたことはないですね」

　熊谷の表情からは何も読み取れない。

　きのう、私はルーモアの藤原久美に写真を見せて、細江の連れが熊谷であることを確認した。あとはアツモリが熊谷であることをどう証明するかだ。

　――と、そこへノックの音、扉が開いて赤いブラウスの女性が現れた。手に漆《うるし》の丸盆、上にポットとカップ、中腰になって紅茶を注ぐ。

「――しかし、刑事さんも大へんですね。こうして話をするためには、他府県まで足を延ばさなきゃならない」

　紅茶にレモンを滑り落としながら熊谷がいう。女性は出て行った。

「ま、これが仕事ですから」

「電話で済ますわけにはいかないんですか」

「よほどの支障がない限り、会《お》うて話を聞くようにしてます。相手の人柄、表情、生活状況を観るのも大事ですから」

「ここはどうです、環境は」

「申し分ありません。ほんまに贅沢《ぜいたく》や」

部屋を見まわした。広さは三十畳ほどもあろうか、照明は天井埋め込みのダウンライトと二基のフロアスタンド、壁は凝った織りの布クロス張り、床は靴のかかとがすっぽり埋まるウィルトンカーペット、その中央部にゆったりしたスエードの応接セットが配されているだけのまことにシンプルなインテリアで、それがかえって豪奢《ごうしゃ》な雰囲気をかもしている。四方の壁に掛かっている十数点の絵は日本画ではなく、ステンレスの額に収められたリトグラフやシルクスクリーンなどの洋版画だ。

「洛秀画廊は日本画だけを扱《あつこ》うてはるんやないんですね」

「七年前から現代のオリジナル版画を手がけるようになりました」

「ウォーホルとかリキテンシュタイン、ホックニーといったところですね」

知っている限りの作家名をあげた。熊谷は首を振って、

「うちはヨーロッパの作家がほとんどです。カシニョール、ブラジリエ、カトラン、ビュッフェ、ジャンセン……それと、ヒロ・ヤマガタは今いちばんの人気です。お宅

に一点いかがです」

　壁の十数枚の版画はどれもふんわりと明るい色調で、花や風景、女性像など、分かりやすいモチーフが多い。

「版画て、いくらくらいするんです」

　手前の風景画を指さした。

「あれは九十万円ですね」

「え……」絶句した。せいぜい五、六万円だと思っていた。

　私の驚いた顔を見た熊谷は、

「オリジナルですよ。ちゃんと作者のサインも入ってます」

　気分を損ねたように早口でいい、「つまらないレジャーや株にまわす資金があったら、絵や版画を買うべきです。部屋に掛けて楽しみ、飽きたら買値の何割増かで換金できる。ヤマガタの作品は、五年前に三十万円だったのが今や百五十万円です」

「版画て、そんなに値上りするんですか」

「版画に限らず、美術品はすべて値上りするんです。現在《いま》は空前の美術ブームです」

　熊谷は紅茶に口をつけた。私はソファに浅く坐《すわ》りなおして、

「熊谷さん、絵の交換会なんかで、細江さんの仁仙堂と取引したことありますか」

「ありません。うちは京都美術倶楽部《クラブ》、向こうは大阪美術倶楽部で、めったに顔を合

わすことはないから」

「笹屋町の矢野昭義堂はご存知ですね」

「三流画商ですよ。まともな絵は扱っていません」

「黒田理弘の作品を扱《あつこ》うてます」

「招福の掛軸でしょ。あんなものは作品といえません」

熊谷は眉根《まゆね》を寄せてそういい、「刑事さんは日本の美術家……画家、彫刻家、工芸家、書道家をひっくるめて、そのうち何人が作品だけで生活できていると思います」

「作品だけ、というのは」

「美術教師をしたり、挿絵を描いたり、デザイン工房に勤めたり、そんなことをしないで、自分の作品を売るだけで食べて行ける作家です」

「──そうですね、三万人くらいですか」

広辞苑《こうじえん》のような年鑑の厚さを頭に浮かべて、私はいった。

「じゃ、あなたは」

「──七万人」小沢が答えた。

熊谷はフッと小さな息を洩《も》らして、

「人なみの生活をしているのはせいぜい五百人。年収が一億を超えるような超一流の作家は、そのうちの十数人。そんなところです」

「たった五百人ですか」

「そのうち、画家は約三百人です。この三百人に全国の三千の画商が群がるんだから、二流、三流どころの画商にいい作品の行き渡るはずがない。また、美術市場をそういう慢性的な作品欠乏状態におくことで、三百人の画家の絵の価格は安定し、いわゆる上場株に類似する投資機能を発揮させ得るんです」

「絵は投資ですか」

「はっきりいって、投資です。純粋な鑑賞目的で絵を収集する客はまずいないし、いたとしても、そういう客の欲しがる異色、異端、無名作家の絵を一流画廊は扱いません」

「まさに閉ざされた市場ですね」

「だからこそ、コレクターと画商が共存できるんです。有象無象《うぞうむぞう》の新人作家が参入できるような市場は危なくて仕方ない」

「超一流の人気作家いうのは、どういう人です」

「日本画では、奥村土牛《おくむらとぎゅう》、上村松篁《うえむらしょうこう》、そして五山でしょう」

「五山というのは」

「東山魁夷《ひがしやまかいい》、杉山寧《すぎやまやすし》、髙山辰雄《たかやまたつお》、平山郁夫《ひらやまいくお》、加山又造《かやままたぞう》です」

以前、デコに連れられて東山魁夷の展覧会を覗《のぞ》いたことがある。どれも同じような絵で退屈したが、デコはきれいきれいと感動し、絵はがきまで買っていた。私がその絵はがきを二枚抜いて新聞の試写会招待に応募したことを、彼女は知る由もない。

「そういう一流の画家の絵と黒田理弘の絵はどこがどう違うんです」

「品格の違いですね」

言下に熊谷はいった。「黒田さんの絵は客におもねっていた。人並み優れた表現力を有しながら、芸術的昇華をなし得なかった。……私はそう考えます」

「けど、黒田さんの絵を買《こ》うてはったんでしょ」

「古いつきあいです。採算を度外視することもありますよ」

こともなげにそういって、熊谷は脚を組みかえた。

そろそろ引きあげ時だ。私はテーブルの上のたばこを取り上げて内ポケットに入れ、と同時に、中のカセットレコーダーの録音ボタンをオフにした。

「――失礼します。今日はどうもありがとうございました」

「お役に立ちましたか」

「それは、充分……」

膝《ひざ》に両手をあてて、丁重に頭を下げた。

雨はいつしか本降りになっている。細江佐枝子はサンデッキのガラス戸を閉め、エアコンのスイッチを入れてから、私と小沢の前に腰を下ろした。

「それでは、始めます」

私はカセットレコーダーの再生ボタンを押した。

熊谷と私のやりとりがわずかに高い声質を帯びて聞こえてくる。佐枝子は上体を屈《かが》めて眼をつむった。二カ月前に聞いた電話の声を思い出してくれるだろうか。

——佐枝子が眼をあいた。ゆっくり顔をもたげて、

「はい、この声だと思います。関西訛《なま》りがないのもそっくりです」

やった、私は指を鳴らした。敦盛はやはり直実だった。

10

——そして、二日。

私は洛秀画廊の松村広から、昨年と今年の営業日誌の写しを入手した。日誌には熊谷のスケジュールが洩れなく記されており、小沢がそれを報告書にまとめた。

また、私は蒲池章太郎を叩《たた》くための材料を揃えるべく、黒田雅子と猪原省三に会って事情を聞き、曾根崎署に出向いて、三年前の富岡観斎鑑定証偽造事件を担当した捜査員から種々の情報を得た。蒲池は文字どおり、叩けば埃《ほこり》の出る羽織ゴロだった。

「先輩、羽織ゴロて何ですか」

「羽織を着たゴロツキや。明治、大正のブラックジャーナリストをそう呼んだ」

私と小沢はエレベーターに乗り込んだ。

「古いことをよう知ってはるんですね」小沢がボタンを押す。

「ほなおまえ、三百代言いうのは聞いたことあるか」

「サンビャクダイゲン……?」

「弁護士や。明治のころは代言人というて、たった三百文の安っぽい詭弁《きべん》を弄《ろう》してた。当時は警官も邏卒《らそつ》と呼ばれて、程度の低いのが多かったらしい」

——六階、私と小沢はエレベーターを降り、六一三号室の前に立った。ノックする。しばらくしてドアが開き、蒲池が顔をのぞかせた。

「朝っぱらから誰かと思えば、刑事のお出ましか」

「この時間に来んと、蒲池さんが捕まらんと思いましてね」

「仕事熱心なのは認めるよ」

「朝のコーヒー、いただけませんか」

「いいだろう」

蒲池は私たちを中に入れた。派手な赤のパジャマを着ている。

「いつもしっかり食べてはるんですね」

私と小沢はダイニングの椅子に腰を落ち着けた。テーブルの上には、トースト、ベーコンエッグ、りんご、コーヒーが並んでいる。

「そんなことより、用件は。まさか、モーニングコーヒーを飲みに来たわけじゃないだろう」

蒲池はパーコレーターのコーヒーをマグカップに注ぎ分ける。

「二、三、教えてほしいんです」

蒲池の眼を見て切り出した。「去年の九月十二日、蒲池さんは、年報社の細江氏から三百二十万円の小切手を受け取ってますね。あれはどういう趣旨の金ですか」

「どういう趣旨も何も……」

一瞬、蒲池は言葉に詰まった。「原稿料だよ、原稿料。特集の取材費と原稿料をまとめて払ってもらったんだ」

「それはしかし、おかしいですね。小切手は仁仙堂振り出しになってます」

「年報社も仁仙堂も経営母体は同じだ。どちらが振り出そうと、それは向こうの都合だ」

「猪原専務、三百二十万円は、社長が煌春を買い取った金やというてました」

「猪原は何も分かっちゃいない。あて推量でものをいってるんだ」

「と、蒲池さんはそんなふうに答えるやろと思て、わし、美術時評の編集長からも話を聞きましたがな……年報社から蒲池さんへの原稿依頼は年間三十万円にも満たん額やそうですわ」

「──他人の懐《ふところ》を探るような薄汚い真似はやめろ」

蒲池は気色ばむ。追いつめられた鼠はいつもこうして牙《きば》をむく。

「ちょっとおもしろいもん見せましょ」

私はポケットから一枚の紙片を取り出してテーブルの上に放った。煌春の偽造鑑定証だ。

「どないです、懐かしいですか」

蒲池は鑑定証を一瞥《いちべつ》したきり、横を向いて言葉を発しない。

「これは蒲池さん、あんたが偽造したんです。この鑑定証には蒲池さんの指紋が付着してます」

「鬼の首を取ったような言い草だな」

蒲池はパジャマの首のボタンを外して、呟《つぶや》くようにいった。「おれはある人物から煌春の絵を預って仁仙堂に持ち込んだ。その鑑定証を手にとって調べもした。指紋が付くのはあたりまえだ」

「ところがどっこい、指紋はそれだけやない。世良正雄《せらまさお》という男の指紋も検出されたんですわ」

世良は京都壬生《みぶ》に仕事場を構える木版の刷り師である。富岡観斎鑑定証偽造の際、蒲池は世良に鑑定証の罫線《けいせん》と枠を刷らせていた。

「有印私文書偽造、及び同行使罪。今度は、執行猶予はつきませんな」

「…………」

蒲池の顔がわずかに上気した。まぶたの垂れた濁った眼でじっと私を睨《にら》みつけ、やがて、ふっと笑って、「あんた、鑑定証の件をどうこうするつもりはないんだろう」

「それは、ま、こちらの判断ですわな」

「何から話せばいい」

「まず、十点の煌春が持ち込まれたときの状況ですね。……黒田さん、どんなようすでした」

マグカップを手にとって、ぬるいコーヒーをひとすすりした。

黒田理弘から蒲池に連絡があったのは、昨年六月の初めだった。黒田は奥原煌春を十点所持しているといい、それらの鑑定証を作ってくれといった。

二日後、蒲池は京都伏見の黒田のアトリエを訪れた。煌春はすばらしい筆致で、蒲池の眼には贋作《がんさく》と見えなかった。蒲池は鑑定証の偽造を了承し、十点の絵を写真に撮った。

鑑定証は六月下旬に完成した。それを持ってアトリエに行くと、黒田は煌春を換金してほしいといい、分け前として三割を蒲池に提供すると約束した。

蒲池は煌春を預って自宅に持ち帰り、仁仙堂を通じて京都勧業館の展示即売会に出品した。煌春は贋作と判定され、仁仙堂が引き取った。

「――と、ここまでは今まで調べてきたネタにほぼ合致するんですけど、これ以降、妙な方向に逸《そ》れだすんです」

私はひと息ついて、額の汗を拭《ぬぐ》った。

「それは、細江の動きやな」

川島が相槌《あいづち》をうつ。

「蒲池は猪原に絵を返してくれといいました。ところが、そこへ細江がしゃしゃり出てきて、どこから煌春を預ったと蒲池を恫喝《どうかつ》したんです。業界の大ボスである細江の脅しに、蒲池は一部始終を喋《しゃべ》りました」

「それはいつや、蒲池が喋りよったんは」深町が訊《き》いた。

「七月の末、二十八日から三十日ごろです」

「それから一週間ほどして黒田が死んだ。偶然の一致とは考えにくいな」

「蒲池がいうには、細江は煌春の偽造を黒田ひとりの才覚とは考えてなかったようです。細江の狙いは、贋作団の全容を摑《つか》んで、もっと大きな金の生《な》る木を手に入れることでした」

「悪党の考えそうなこっちゃ」

深町は大仰にうなずいて、「細江が黒田に接触した形跡は」

「まだ確証はありませんけど、接触したことに間違いはないと思います」

「細江が蒲池に支払《しはろ》うた三百二十万は、ちゃんと黒田の手に渡ったんか」原田が発言した。

「蒲池は三割の手数料、九十六万を差し引いた二百二十四万を黒田に渡したといいました」

「その証拠は」

「領収証なんかありません」

「そらおもろいな。大した額やないけど、三百二十万を丸ごと懐に入れよと思たら、蒲池にも黒田殺しの動機が生じるやないか」

「しかしながら、蒲池には確固たるアリバイがあります」

蒲池は去年の八月二日から十二日までヨーロッパ旅行をしていた。私はパスポートを調べて、それを確認した。

「蒲池といい、細江といい、うまい具合に旅行しとるな」

深町がいった。片肘《かたひじ》をつき、たるんだあごの肉を指先でつまみとるようにしながら、

「川さん、ひとつまとめてくれ。事件の流れと関係者の動きを再検討してみよ」

指示された川島は広げたファイルを手にとって、黒板の前に立つ。

昨年、一月――矢野伊三夫より黒田理弘へ奥原煌春制作依頼。三百万円を渡す。
五月末――贋作、完成（十五号、十点）。矢野は残金の三百万円を支払わず。
六月――黒田から蒲池章太郎に鑑定証偽造依頼。
六月末――鑑定証完成。黒田は蒲池に煌春の換金を依頼。
七月二十日――京都勧業館にて日本画展示即売会。煌春、贋作判定。仁仙堂が持ち

帰る。
八月七日――黒田、死亡（?）。
▼細江仁司、九州旅行。
▼矢野伊三夫、和歌山県有田郡湯浅町に出張。
▼熊谷信義、東京鴻池《こうのいけ》百貨店オークション参加。
▼蒲池章太郎、欧州旅行。
九月十二日――蒲池、細江に煌春（十点）を売る（三百二十万円）。
本年、一月二十五日、三月二十二日、四月十九日――細江と熊谷、京都銀閣寺南詰の喫茶店、ルーモアで会う（煌春売買?）。
五月十日――富田林市佐備にて、白骨死体発見。
五月十二日――細江仁司、失跡。
五月十三日――白骨死体の身元判明（黒田理弘）。
五月十六日――細江のベンツ、金沢市にて発見（車内に五月十三日付の高速道路レシート）。
五月十七日――細江の死体発見（死亡推定日、五月十二日から十四日）。
「くそったれ、八月七日はどいつもこいつもアリバイがあるがな」

黒板を指さして、児島が発言した。「熊谷のオークション行きは裏を取ったんか」

と、私に向かって訊く。

「鴻池百貨店の美術部に電話して入札状況を訊きました。熊谷は八月七日に二点、八日に三点の日本画を、合計千六百万円で落札してます」

「アリバイを見る限りでは、ここに黒田殺しの犯人はおらんということちゃな。共犯者がいてるか、あるいは殺し屋を仕立てる他に手はないがな」

「細江の方はどうや。細江の死亡推定日における関係者のアリバイ」

深町がいった。「自、他殺は別にして、書き加えてみてくれ」

五月十二日
▼矢野——昭嶷堂にて、招福掛軸の発送。
▼熊谷——京都美術倶楽部《クラブ》古美術交換会に出席。あと、祇園のクラブで懇親会。
▼蒲池——大阪肥後橋画廊にて企画展の打ち合わせ。夜、パーティー。
五月十三日
▼矢野——個展まわり。表具店にて商談。
▼熊谷——洛秀画廊にて事務。
▼蒲池——尼崎の編集工房で出張校正。

五月十四日
▼矢野――昭峩堂にて事務。あと、京極デパートの稲陽社展へ。
▼熊谷――洛秀画廊にて事務。
▼蒲池――終日、自宅。朝、近所の喫茶店でコーヒーを飲み、午後、中華料理店から出前をとる。

「――と、こんな具合や。とりあえず裏は取れてる」

川島はチョークで黒板を叩《たた》きながらいう。

「三人とも、京都、大阪を離れてませんな」竹内がいった。

「少なくとも、金沢をうろちょろしてたということはなさそうや」

「ほな、やっぱり、細江は自殺、黒田は細江の共犯者に殺《や》られたというのが本線でっか」

「今はそう考えるのが妥当かもしれん」

「細江は自殺と決まったわけやおませんがな」

総田が口を開いた。「黒田殺しの犯人は、白骨死体が発見されたことで自分の身が危《あや》うなると考えた。そこで、細江に罪をかぶせるべく、自殺に見せかけて殺したんですわ」

「よっしゃ、そこまで」

深町が手で制した。「毎回毎回、同じ議論をしてても得るもんはない。細江の件は、今までどおり自他殺両面から捜査を進める」

と、ひときわ高くいい、「それより、わしがすっきりせんのは、細江と熊谷のつながりや。……細江は蒲池から煌春を買い取って熊谷に売りつけた。細江はどういう理由で、熊谷を贋作《がんさく》の買い手に選んだんや」

と、自問するようにいう。誰も発言しない。

深町は腕の時計に眼をやった。

「さて、今日はちょいと早いけど、ご苦労さんということにするか」

――午後八時五分、決して早くはない。


風呂上《ふろあが》り、バスタオルを腰に巻いたまま食卓に坐《すわ》って、ビールを注ぐ。泡の消えるのももどかしくひと息にあおると、まさに生き返った心地がする。

「ふーっ、甘露《かんろ》、甘露」

大根おろしに箸《はし》をつけた。上にイクラがこんもり盛ってあって、これが実に旨《うま》い。あと、阿波《あわ》産のちりめんじゃこ、道東《どうとう》産の塩鮭、気仙沼《けせんぬま》のイカの塩辛でもあれば、他におかずは要らない。自慢じゃないが、塩干物だけは最上のものを食べている。

「美味《おい》しそうやろ。夕方からずっと、とろ火でことこと温《ぬく》めててん」

デコがビーフシチューの皿を私の前に置いた。

「どれどれ、シェフが味見をしたろ」

スプーンをとってひと口すすった。「うん、これはいける。舌にからみつくようなこくの中に淡々とした切れがある。喉《のど》ごしのなめらかさに仕事が感じられる」

「いんちき料理評論家みたいや」

「一所懸命、褒めとるんやないか」

「レトルトパックやのに」

「それを先にいえ」

スプーンを置いた。「三越の版画展、行かんかったんか」

「誠ちゃんがいっしょやないもん」

「ひとつ為になる話をしよ。……素人がデパートや画廊へ行って絵を買う場合、いざというときは金に換えられる絵を選ぶ方法教えたろか」

「別にいらんわ、そんなややこしそうな話」

「…………」

「またそういう拗《す》ねた顔をする。はいはい教えていただきとうございます」

「よう聞けよ」

私は咳《せき》ばらいをして、「まず、画廊をぐるっとまわって、自分の買いたい絵の見当をつける。大きさと値段を頭に入れるんや。そして、それが例えば、坂本龍馬《さかもとりようま》の菜の花の絵やったとしたら、外へ出て画廊へ電話をする。『わけあって、坂本龍馬の菜の花を処分したいのだが、いくらで引き取ってくれるかね』と、こうや。画廊は号数を訊《たず》ねるから、同じ大きさを答えると、だいたいの引き取り価格を呈示してくる。その価格が店に掛かってる絵の七割、八割くらいやったら、これは買い、ということになるんやがな」

「へーえ、割とおもしろいね」

「もっとも、こいつは一千万円クラスの絵にしか通用せんけどな」

「その話、誰の受け売り」

「例の京都のチャップリン、矢野や。とっぽいおっさんやで」

「顔、見てみたいな」

「やめとけ。六連発の四十五口径で撃たれるぞ」

「えーっ、ピストル持ってんのかいな」

「股《また》ぐらに、な」

——と、そこへ電話が鳴った。反射的に時計を見あげる。九時四十五分、ろくな電話ではない。

私はのっそり立ち上った。お仕事いや、お仕事いや、呪文《じゅもん》を唱えながら受話器をとる。

「――吉永です」

「おう、その声は殺人課のハンサムコップやな。グッド・イブニング」

矢野だ。頭が痛い。

「家の電話番号まで教えた覚えはないんですけどね」

「大正区の吉永誠一はあんただけやったで」

「用事は何です」

「ちょいと顔を見ようと思てな」

驚いたことに、矢野は大正駅にいるという。千島町《ちしまちょう》に得意客がいて、ついさっき商談が終ったそうだ。

私は酒を飲まないことを条件に、矢野の誘いに応じた。

「デコ、出かけるわ」

「誰、今の電話」

「ちょび髭《ひげ》のミイラがな、ミイラ取りをミイラにしよと思て誘惑しよるんや」

デコと私の住むマンションは環状線大正駅から南へ三百メートル離れた大正区三軒

家にある。附近は、棟割長屋、木工所、ラーメン屋、旋盤工場、理髪店、惣菜《そうざい》屋などの混在する典型的な商工業地域で、物価も安く交通の便もいいから、その下町特有の猥雑《わいざつ》さが好きな私にとって、これほど住みやすいところはない。

私は生成《きなり》のトレーナーにジーンズ、ゴムぞうりをつっかけて大正駅へ行った。矢野はガード下の公衆電話ボックスにもたれかかって、たばこをふかしていた。

「あんた、よめさんは」

「──家にいてます」

「会いたかったな。連れて来たらよかったのに」

「他人さまに見せられるほどのご面相やないんですわ」

「そらかわいそうにな。女は顔の良し悪しで人生が決まるんやで」

矢野は踵《きびす》を返した。事前に見当をつけていたらしく、ガード沿いを東へ歩いて、大正区ではただ一軒の和風喫茶店に入った。入口横の窓際に席をとる。

「あんた、甘いもんは」

「嫌いではないです」

「わしはあかん。糖尿の気《け》があるさかい」

矢野は抹茶《まっちゃ》、私は夫婦《めおと》ぜんざいを注文した。

「わしらの子供のころ、甘いもんは宝やった。梅雨の明けるころになると、長屋に天《てん》秤棒《びんぼう》かついだ行商のおやじが来て、『むーぎちゃ、はったいこ』と、ふれてまわるんや。わし、おふくろに五円もろて、まだ足もとのおぼつかん妹といっしょに、はったい粉を買いに走ったがな。新聞紙の袋にひと握り入れてくれるんや」

「はったいこて、何です」

「知らんか。麦を炒《い》って碾《ひ》いた粉やがな。麦こがしともいうな」

「その粉をどうするんです」

「あべ川のきな粉みたいに、砂糖を混ぜて舐《な》めるんや。いがらっぽいような素朴な味が何ともいえん。……あれは小学校の二年生やったか、はったい粉を口に含んだら、中でもぞもぞと動くもんがある。何かいなと掌《て》に吐いたら、うじ虫が這《ほ》うてたがな」

「うわっ、汚な」

「それでもわし、残りのはったい粉を捨てたりせんかった。指で虫を除《よ》けながら、ぜんぶ舐めた。……貧しかったな」

「妹さん、亡くなりはったとかいうてましたね」

「七つ下や。おふくろの死んだあと、わしが親代わりになって大学まで出したのに、二十三のとき、あっさり死んでしもた」

　矢野は遠くを見る眼をし、思い出したように湯呑《ゆの》みの茶をすすった。「妹はな、あんた、わしの生きがいやった。妹であり、娘であり、たった一人の肉親やった。わし、あの時ほど辛《つら》いことはなかった。働く気もせん、食欲もない、頭の中がまっ白になって、まるっきりの腑抜《ふぬ》けや。それで、ちょうどそのころ上司の勧める縁談が進んでたんやけど、広島の青果会社を辞めて京都に出て来たというわけや」

「すると、画商は矢野さんが三十歳のころからの仕事ですか」

妹が若くして逝《い》ったいきさつに興味を覚えたが、それ以上は訊《き》けなかった。

「そう、三十を過ぎて清水坂《きよみずざか》の『亀新』いう骨董屋《こっとうや》に丁稚《でっち》奉公や」

「青果から美術品やて、百八十度の転身ですね」

「天涯孤独の身になったし、知らん世界を覗《のぞ》いたろと思たんや」

──抹茶と夫婦ぜんざいが来た。ぜんざいは二つの椀《わん》に六分目ずつ入れられて、それが夫婦の由来らしい。と、矢野がついと手を伸ばして一方の椀を取りあげ、口をつけた。とめる暇もない。

「甘いな」

「どこが糖尿ですねん」

私は付け合わせの塩こぶの皿を手前に引き寄せた。「それで、用事は何です、用事は。大正くんだりまで、ぜんざいを食いに来たわけやないでしょ」

「ま、そういうこっちゃな」

矢野はにやりとして、「アツモリが熊谷と分かってもう四日や。調べはどこまで進んでる」

「そんな新聞記者にもいえんようなことを喋《しゃべ》れますかいな」

これには少し誇張がある。ブン屋の夜回りと称して、深町や川島の家には、記者が一升瓶を提げて記事のネタを取りに来る。下っ端の私は、夜回りを受けた経験がない。

「松村はまじめにスパイをやってるか。……熊谷は五点の煌春をどこに隠しとるんや」

「その種の質問には答えられませんね」

「わし、あんたに協力したろというとるんやで」

「欲と道連れですがな」

いいつつ、私は洛秀画廊に関して、二、三、確かめておきたいことがあった。「熊谷、版画も扱《あつこ》うてるようやけど、主力はやっぱり日本画でしょ」

「そういや熊谷、洛秀ワールドギャラリーいうインテリア版画専門の別会社を設立しとるな。フランスあたりから、千枚、二千枚も刷ったポスターまがいの版画を輸入して、ブランド狂の若いOLや主婦に高《たこ》う売りつけるんや。あれはぼろい儲《もう》けになる」

「インテリア版画いうのは、カシニョールとかブラジリエとか……」

「そう。いわゆるアイドル版画いうやつやな。ああいうアイドル作家は日本マーケットにしか通用せえへんし、国際的にはまったく認知されてへんさかい、ほとんど換金価値がない。買《こ》うたが最後、死ぬまで部屋に飾っとかなしゃあないがな」

「けど、熊谷は値上りするというてました」

「あんた、刑事のくせによほどのお人好《ひとよ》しやな。よう考えてみ……例えば、画商が百万で売ったカシニョールを、百二十万、百五十万でほいほい買い戻してたら、いったいどこにマージンが存在するんや。商品には仕入れ原価がある、売る場所も要る、人件費やカタログ代、広告費も要るんやで」

「ほな、買い戻しというのはないんですか」

「ない。あったとしても、売り値の一割、二割やろな」

矢野は抹茶の碗《わん》を掌の中でまわしながら、「客もわるい。部屋に飾って楽しんどきながら、投資にもなるてなうまい話、どこの世界にころがっとる。……正直いうて、わしもアイドル版画で商売したい。けど、肝腎《かんじん》の画廊があらへん。それに、こんな善良そうなちょび髭のおっちゃんには、ＯＬや主婦をたぶらかすのはしんどい」

「どこをどう押したら善良という言葉が出てくるんですかね」

「ほう、けっこういうやないか」

矢野は口端で笑い、そしてすぐ真顔になった。「今度はわしから質問や。……あんた、熊谷が偽名を使《つこ》うてまで細江と逢引《あいび》きしたんは何でやと思う」

「贋作《がんさく》の取引をしたからです」私は淀《よど》みなく答えた。

「あんた、読みが浅い。贋作と知ってて取引することは、業者間では日常茶飯事やで。

何ぼ洛秀が一流画廊やいうても、あんなにまでこそこそするのは尋常やない。それに、どうせ贋作を扱うんやったら、もっと手に入れやすうて値の高い大観や志功《しこう》を狙《ねろ》うた方が投資効率もええ。……と、そういうのが、ここ三日間、熊谷の隠密《おんみつ》行動を熟慮分析したわしの結論であり、疑問でもあるというこっちゃ」

俄然《がぜん》、話がおもしろくなってきた。それを私は表情に出さず、

「その結論と疑問に対して、どういう総括をしたんです」

「へへ、聞きたいか」

矢野は私の塩こぶをつまんで口に入れる。「あんた、むかし熊谷が三条河原町の老舗《しにせ》画廊に勤めてたこと知ってるな」

「確か、彩雅洞でしたね」

「熊谷は彩雅洞を辞め、洛秀画廊を設立してから三十年もせんうちに、あんなに大きなった。その理由をあんた、何と考える」

「美術ブームに乗ったからです」

「必ずしも、それだけやない」

「他にも理由があるんですか」

「大ありや」

矢野は深くうなずいた。「わし、熊谷は贋作団の元締めやったと考えてる」

「何ですて……」

「これは彩雅洞や洛秀に限らず、終戦から昭和三十年代にかけて、美術商は多かれ少なかれ贋物を売買の対象にして糊口《ここう》をしのいできた。まがいものと知りつつ、それを顧客に売って食いつなぎ、余裕ができたら、売った品物を客から買い戻して、代わりに本物を持って帰らせる。そんなふうに、贋物を本物に洗い換えて行くことによって汚点を消し、のれんを守って一流美術商にのしあがったというのが、彩雅洞や洛秀の歴史と評することもできるわけや」

「――つまり、脛《すね》に傷持つ身というわけですね」

私は少し考えて、「そやけど、今の話は、熊谷が贋作団の元締めであることとは別のような気がします」

「あんた、意外に慎重やな。そして理屈っぽい」

「物の理《ことわり》をわきまえてるんです」

「ほな、ひとつふたつ質問しよ。……大手一流画廊である洛秀が、三流画家である黒田理弘の絵を二十年近くにわたって買い続けてきたんはどういう理や」

「………」

「細江が黒田はんの描いた煌春を熊谷に売りつけようとしたほんまの理由は何や。数ある画商の中で、熊谷を買い手に選んだんはどういう理や」

この質問はどこかで耳にした。そう、つい数時間前に深町が自問していた。黒田、細江、熊谷、三人の名が輪になって脳裡《のうり》をめぐる。

「あっ」

閃《ひらめ》いた。「二十年前の贋作事件や」

「やっと分かったみたいやな」

破顔一笑、矢野は遠慮のない笑い声をあげた。前歯に小豆《あずき》の皮がくっついている。

11

昭和三十七年、熊谷信義は右京区草野大路に洛秀画廊を設立した。

昭和三十九年、芸術院会員奥原煌春、死去。

昭和四十二年、熊谷は画廊を上京区室町に移転させ、相前後して贋作団を組織。描き手は黒田理弘と吉井百合子、山科の素封家加賀谷禄郎を通して、百点を超える偽煌春を市場に流した。

昭和四十五年、京都府警捜査二課は加賀谷と吉井から事情聴取。決め手を欠いたまま、捜査終了。その二ヵ月後、吉井が飛び込み自殺。加賀谷も一年後に病死。

「——と、こんな具合になるわけや。黒田は過去の犯罪を共有する贋作団の残党であり、その事実があるからこそ、熊谷は金にもならん黒田の作品を買い続けてきたというこっちゃ」

私は小沢に説明する。「細江が黒田を脅したことはもはや間違いない。細江は黒田の口から、二十年前の贋作事件の裏を聞いて、金になるのは熊谷の方やと考えた。そして、十点の煌春をネタに、古傷を記事にするぞというて、熊谷をゆすったんや」

「質問」

小沢は手をあげた。「細江は、熊谷の過去の犯罪についてはっきり証拠を摑《つか》んでたんやないでしょ。そやのに、何で……」

「証拠なんぞ要らんがな。細江は出版社のオーナーや。もともと火種のあるとこへ煙をたてるんやし、黒田の失跡に過去の贋作事件を絡めて派手なスキャンダルをぶちあげるのはいちばんの得意技や。洛秀は政治献金がらみでも大きくなった会社やし、その種の客は醜聞を極端に嫌う。上客はクモの子散らすように離れてしまうし、洛秀の看板はおろか、経営基盤すら危うなるというわけや」

「集めた情報がだんだんと形になってきますね」

小沢は理解したのかしないのか、眼鏡の奥のとろんとした眼をしばたたかせていう。

「わし、原田主任や総田さんの意見に賛成や。細江は自殺やない」

――細江仁司の、金沢市内から能登部への足取りは、鉄道、バス、タクシー、ハイヤーなど、あらゆる移動方法を想定して、いまだに摑めていない。また、青酸カリの入手経路も不明。所持していたはずの手帳も未発見である。

「犯人はどこぞ別の場所で細江を毒殺して、死体とその嘔吐《おうと》物《ぶつ》を発見現場へ運んだんや」

「すると、犯人は……」

「細江は熊谷をゆすった。ゆすられた熊谷が逆襲に転じたとは考えられんか」

「しかし先輩、熊谷にはアリバイがあります」

「アリバイ、イコール金科玉条《きんかぎよくじよう》か。広い世間には、百万、二百万の金もろて、人を殺すやつもおるんやぞ」

——そのとき、乾御門《いぬい》から、松村広が御苑《ぎよえん》内に入って来た。砂利道の真中に立っている私と小沢を認めて、眼で合図を送り、庭園の小径《こみち》の方へ行けという。

今朝、私は松村の自宅に電話をした。彼は午前中、神宮洛秀画廊へ行き、午後から室町の本店へ出社するといった。

径いっぱいに枝を広げた楠《くすのき》の巨木の下で、松村は私たちに追いついた。

「えらいすんませんね、寄り道させて」

「KGB手当は出ませんか」

松村はひとつ皮肉を浴びせて、「昭和四十二年当時、熊谷は室町の土地の取得費として、二億円を銀行から借りてますね。土地建物はもちろん、手持ちの絵もすべて抵当に入れて金繰りの苦しいところへ、取引先の画廊が倒産して、一時は共倒れの危機に瀕《ひん》したようです」

ちょうどそのころ、熊谷は贋作《がんさく》に手を染めた。少々荒っぽいことをしても金を工面しなければならない状況にあったのだ。

「それともうひとつ、今年の一月から四月にかけて、熊谷は安井清山堂に四千五百万の出金をしてますね。表向きは華岳や龍子《りゅうし》を買ったことになってるが、私は現物を見ていない。清山堂との取引は熊谷の専管事項です」

「四千五百万……そらよろしいな」

思わず、私は手を打った。予想どおりだ。熊谷は四千五百万円のほとんどを細江に支払ったに違いない。私は、熊谷が細江から煌春を買い取るにあたって、ポケットマネーは使わず、何らかの経理操作をしたのではないかと考え、安井清山堂に対する金の出入りを調べてくれるよう松村に頼んでいた。

「その出金の日付、分かりますか」

「ええ。ここに」

松村は上着の内ポケットから一枚の紙片を抜いた。

私は受け取って広げる。〈1・24――900。3・22――1500。4・19――2100〉とある。この日付は、熊谷が喫茶店ルーモアで細江に会った当日、ないしは前日である。あとになるほど金額が増えているのも何やら暗示的だ。

「金は清山堂に振り込みですか」

「いや、現金です。熊谷が清山堂に持参したんじゃないかな」

「なるほどね。社長直々《じきじき》の営業活動というわけや」

私はメモをポケットにしまって、「熊谷さん、毎日出社してますか」

「一昨日《おととい》の朝から出張です」

「どこへ」

「東京です。港区の東京美術倶楽部《クラブ》」

「京都にはいつ帰って来ます」

「今日の夕方には顔を出すでしょう」

松村が時計に眼をやったとき、白いものが肩の近くをかすめた。鳥の糞《ふん》だ。松村は大げさに跳びのき、上を向いて、シッシッと手を振った。

松村を見送った私と小沢は今出川御門を抜けて同志社前に出た。ちょうど午後一時、食堂を探して東へ歩き、河原町通の喫茶店に入った。

私はカレーライス、小沢はスパゲティーを食べ、サービスのコーヒーを二杯お替わりして、一時間近く油を売った。京都の喫茶店は長《なが》っ尻《ちり》の客に対して、大阪ほどいやな顔をしない。

喫茶店を出た私はバス停横の公衆電話ボックスに入った。帳場への定時連絡だ。

「はい、捜査本部」

深町だ。

「吉永です」

「ばかもん、もっと早《は》ように電話せんかい」

あまりの大声に受話器を落としそうになる。

「何ぞありましたか」

「大ありや。熊谷が死んだ」

「へっ……」

「自殺や。感電自殺」

「東京で？」

「あほ、何を寝ぼけとる。山口の長門《ながと》市や」

「山口県？……とにかく、戻ります」

電話を切って、外に出た。

「小沢よ」

「はい」

「えらいこっちゃ。手錠をかける相手が消えてしもた」

日暮れ、神戸あたりで降りだした雨が西へ進むにつれて雨脚を強め、山口に入って豪雨になった。

川島、児島、竹内、小沢と私の五人は新幹線で小郡《おごおり》、厚狭《あさ》から美祢《みね》線に乗り換えて、午後十時四十七分、長門市に着いた。車中の四時間二十分を、私はほとんど眠って過ごした。

長門市駅から、我々はタクシーに分乗した。目的地は北へ六キロほど行った青海島《おうみじま》中泊《なかどまり》。そこの別荘で、熊谷信義は死んでいた。

しのつく雨、白い紐《ひも》をかき分けるように車は走る。ホイールハウスを叩《たた》く水の音、二車線のアスファルト道路は川になっている。

「お客さんたち、警察の人ですか」

ぼそりと運転手がいった。

「分かりまっか」と、川島。

「中泊のキャビン村で自殺があったそうですな。晩のニュースで聞きました」

「中泊はどういうとこです」

「深川湾のほとりの高台です。青海島は観光と漁業の島です」

——橋を渡った。

「今、渡った橋は」

「青海大橋」

三百メートルほど行って、三叉路《さんさろ》を左折した。江尻《えじり》という集落を抜け、海沿いの曲がりくねった道を五分ほど走って、運転手は車を停めた。左の方を指さし、

「キャビン村はこの先です」

「この雨の中を歩くんかいな」

「車の道がないんですよ」

「冗談やないがな」

いいながらも、川島はドアを開け、覚悟を決めたように勢いよく外へ飛び出した。私もそれに続く。後ろに停まったタクシーからも、児島と竹内が降りて来た。

小沢がひとつだけ持ってきた懐中電灯を頼りに、私たちはうねった泥道を一列になって歩いた。叩きつけるような大粒の雨、背中を流れた水が尻から足へ伝い落ち、靴の中にたまる。歩きながら泳いでいる気分だ。

「こういうとこ、うちのよめはんに見せたいもんやで」

児島がいう。「亭主がどれだけ辛《つら》いめして給料を運んでくるか、ちょっとは感じ入るやろ」

「うちのはもう寝てまっせ」

と、竹内。「今さら手入れのしようもない顔を一所懸命マッサージして、ちょうちんみたいな赤い帽子かぶって、ついでに屁《へ》のひとつもひって高いびきや」

「家長の権威てなもんはとうの昔に失《う》せてしもたな」

「まさに濡《ぬ》れ落ち葉ですな」

──後ろで、川島がくしゃみをした。

左前方、灌木《かんぼく》の向こうに明かりが見えた。

貸別荘は周囲に低い柵《さく》をめぐらせたバンガロー風のプレハブ住宅だった。平家建で、建坪はせいぜい二十坪。附近の地勢や環境はまったく分からない。

柵の切れ目を探して、敷地内に入った。竹内が玄関の扉を引く。カーキ色のブルゾンを着た小肥《こぶと》りの男がこちらを振り向いて、

「早いですな」と、驚いたようにいった。

別荘内には二人の刑事がいた。小肥りの方が、長門警察署捜査一係の阿東《あとう》と名乗り、もうひとりの若い刑事を彦島《ひこしま》と紹介した。

阿東はリビングの中央に据え付けてある大型石油ストーブに火を入れ、彦島にいって茶を淹《い》れさせた。

「雨がひどいけえ、もうちょっと遅れると思うとりましたよ」

阿東は川島と児島にタオルを手渡す。のんびりした口調に人の好《よ》さを感じる。

「乾燥機でもありゃあ、服を乾かせるんじゃが」

「あったら、体ごと入りたいですな」

川島は短く刈った半白の頭を拭《ふ》きながら応じた。フケだらけのタオルはもう使えない。

「遺体の解剖は」

「終了しました。感電死です」

——五月二十六日、午前九時、青海キャビン村を経営する長北観光の長門営業所に電話がかかった。男の声で、別荘のプロパンガスボンベが倒れているが、危険ではないかとの報《しら》せだった。

電話を受けた所員の畑田進《はただすすむ》は、青海キャビン村の入室状況を調べた。五棟の貸別荘のうち、一棟と五棟に宿泊客がいる。

畑田は電話をした。一棟の客は裏庭のボンベを調べて、異状はないといったが、五棟の方は応答がない。工具とマスターキーを持ち、車を運転して青海島へ向かった。

中泊の青海キャビン村、畑田は防風林脇の五号棟のガスボンベが横倒しになっているのを発見した。幸い、ホースは外れていない。バルブを閉め、五号棟の玄関にまわった。ドアをノックするが、返答がない。玄関横の窓から中を覗《のぞ》くと、石油ストーブが赤々と燃えている。

左にまわって、カーテンの隙間《すきま》越しに寝室を覗いた。ベッド、ふとんからはみ出した足が見える。ひどく白っぽい。窓を叩いて呼びかけたが、白い足はまったく動かない。

畑田は異状を察知し、玄関に走った。マスターキーで錠をあけ、ドアを引くと、ドアチェーンがかかっている。開いた隙間から大声で呼びかけるが、返事はない。また左へ走った。玄関横の窓、寝室、バスルーム、トイレ、リビングのガラス戸、どれも固くロックされてびくともしない。ガラス戸を除いて、他の窓にはアルミ格子が取り付けてある。

ガラス戸を破るか、一瞬そう考えたが、あとの修理が面倒だ。畑田は工具箱の中にペンチが入っていることを思い出した。玄関前に戻り、箱からペンチを取り出して、ドアチェーンを切断した。

寝室に飛び込んだ畑田の見たものは、白濁した眼で虚空を睨《にら》む男の顔だった——。

「県警から通報が入ったんは九時二十五分でした。我々の現場到着は九時四十分。すぐに現場検証と畑田の事情聴取を始めました」

——五号棟は、玄関を入ったところが約二十畳のリビングルーム、左に寝室、その奥にバス、トイレといった間取りだった。リビングの真中には排気筒のついた大型石油ストーブ、右隅に小さな流し台とコンロ台が配され、作った料理は南のガラス戸脇に置かれたダイニングテーブルで、海を眺めながら食べるようになっている。ダイニングボードの食器類はきれいに整理され、椅子はテーブルの下にきちんとおさまって、荒れたようすはなく、物色された気配もない。

阿東は寝室に入った。約十二畳の洋間、ベージュのクロス、淡いグレーのカーペット、シングルベッドが三台、等間隔に並んでいる。その真中のベッドで、初老の男がふとんから首を出し、眼をあいたまま眠っていた。ふとんの下、男の腰のあたりから一本の赤いコードが伸びて枕許《まくらもと》のコンセントにつながっている。

感電死――阿東は直感した。鑑識の写真撮影を待って、コードをコンセントから抜き、ふとんと毛布を剝《は》ぐ。男はパンツとズボン下をはき、上半身は裸だった。左胸と右腋下《わきのした》に、被覆をはがした電気コードの先端を何重もの粘着テープでとめ、左手にスイッチを握り込んでいた。左胸と右腋下には明白な電流斑《はん》――中央部が炭化、陥没して、まわりがドーナツ状に隆起し、さらに周辺を充血帯が囲んでいる――があり、過去に三度、感電自殺を扱ったことのある阿東にとって、それは典型的な感電死の外景と状況だった。

「赤い電気コードは炬燵《こたつ》の部品でした。――そう、途中にスイッチのあるコードの端を切りほぐして、体に貼り付けたんです」

「そのコード、熊谷が自分で用意したんですな」

「そうでしょうな。ここに炬燵はありません」

「で、剖検所見は感電死。死亡推定日時は」

「きのうの午後五時から七時です」

「畑田はドアチェーンを切って中に入った。――窓はどれも内側からロックしてあったんですな」

「それはわしが確認しました」

「玄関の鍵《かぎ》はどこにありました」

「ベッドの枕許に置いとりましたね」

「とすると、密室ということっちゃ。自殺であることに間違いはなさそうやな」

「指紋採取はしたんですな」竹内が口をはさんだ。

「しました。照合はまだです」

「熊谷、偽名で泊まったとか聞きましたけど」

「そう。偽名でした」

――キャビン村の宿泊カードでは、死んだ男は佐藤清、五十九歳、住所は神戸市北区岩井町となっていた。記されていた電話番号をダイヤルすると、そこは「そごう」の神戸店で、また神戸市北区に岩井町という地名もなかった。

阿東は男の所持品を調べた。寝室の洋服だんすに吊《つ》るされていたチェックのジャケットから札入れを抜きだし、中の運転免許証と名刺を見て、身元を知った。男は、京都洛秀画廊社長、熊谷信義だった。

熊谷の死は山口県警から熊谷の家族と洛秀画廊に知らされ、それを松村広が深町班の帳場に通報した。松村は私と別れたすぐあとで、社長の訃報《ふほう》に接したのだ。

「明日《あした》、遺体の確認と引き取りに、京都から画廊の部長が来るそうです」

「わしらのことは、部長には内密に」

川島がいった。「——熊谷のやつ、遺書の一枚も書いときゃええものを」

と、ためいきとも嘆息ともつかぬ呟《つぶや》きをもらす。ストーブに尻《しり》を突き出して、背中からは湯気があがっている。

「熊谷が別荘を借りた状況、聞かせて下さい」児島が訊《き》いた。

「電話予約です」

阿東は即答した。「二十三日の午後、山口市の長北観光の本社で受け付けました。五月の連休のあとで、貸別荘はどこも空《す》いとりました」

——男は佐藤清と名乗り、職場の俳句仲間三人で、二十四日から二泊したいといった。担当者は佐藤の住所と電話番号を聞いて予約を受け付け、宿泊手続きは現地の長門営業所でするよう伝えた。

翌二十四日、午後二時と五時ごろの二回、佐藤から長門営業所に電話があった。都合で遅くなる、長門市に着くのは六時前になるとの連絡だった。営業所事務員の春山《はるやま》文子《ふみこ》は丁寧な客だと思った。

午後五時四十分ごろ、営業所に佐藤が現れた。薄茶色のチェックのジャケットに赤のループタイ、べっ甲の眼鏡をかけ、白いマスクをしていた。佐藤はカウンターにアタッシェケースを置き、何度も咳《せ》き込みながら宿泊カードを書いた。保証金の七万円を支払って鍵を受け取ると、別荘へは食事をしてから入るといって営業所を出て行った。同行者は外で待っているらしかった――。

「ちょいと妙ですな」

竹内がいう。「熊谷は何でマスクなんぞしてたんや」

「ちょっとどころやない。こいつは大いにひっかかるで」

川島は同調して、「そのマスクとか眼鏡、どこにあります」

と、阿東に訊いた。阿東はうなずいてストーブのそばを離れ、寝室のドアを押し開いた。

「熊谷の服や所持品は、必要なもの以外は発見時の状態で置いてあります」

「ほな、掃除にかかろか」

川島は寝室に入り、児島や私もそのあとに続いた。

三台のベッドのうち、両端の二台には使用された形跡がなかった。真中のベッドはシーツがなく、毛布と掛けぶとんは足許に畳まれている。シーツは斑痕《はんこん》検査のため、鑑識に持ち帰ったと、阿東がいう。

ナイトテーブルの上に、金張りのロレックスと、つるの太いべっ甲縁の眼鏡、白いガーゼのマスクがあった。洛秀画廊二階の応接室、糊《のり》のきいたカッターシャツの袖口《そでぐち》からロレックスをのぞかせ、眼鏡の向こうの切れ長の眼で私を値踏みするように見ていた熊谷の姿が脳裡《のうり》をよぎる。

川島は洋服だんすを開いて、中の服を調べ、竹内と児島はアタッシェケースの中身を一つひとつ検分している。我が相棒の小沢はたんすの脇に置かれた電話の受話器を外したり戻したりして、これは何の足しにもなっていない。

私はブルッとひとつ身震いした。寝室を出て、リビングのストーブに体を寄せる。小沢もそばに来て、手をかざした。

「金魚のフンやな。サボッてんと、仕事せんかい」

「指がかじかんで、うまいこと動きません」

「ええ若いもんが情けない」

ストーブを離れて、玄関へ行った。

ローズウッド合板のドアと、そのドア枠に取り付けられた金具から、それぞれ五センチほどのチェーンが垂れ下がっている。チェーンの切断面は上下から押しつぶされたようになっており、鈍色《にびいろ》に変色していた。金具は各々四本のビスでとめられ、素手で引っ張ったくらいではびくともしない。

金魚のフンがまたそばへ来た。

「ドアチェーンは外からはずされへんのですね」

「外れるドアチェーンなんぞ、誰が要る」

「ペンチで切れるようでは物騒です」

「押し売りや勧誘員がペンチを持ち歩いとるんか」

いった拍子に、くしゃみが出た。

私はもう一杯茶を飲もうと、リビングへ行った。テーブルの上には、干からびた鮨《すし》、ビールの空き缶、グラス、ラークマイルド、漆塗りのデュポンがある。

「これ、熊谷の食べ残しですね」

彦島に声をかけた。彦島は寝室のドア近くに立って川島たちの作業を見ている。

「食料品を買《こ》うた店、分かりますか」

「長門市の港の近くのエヴリマートという店です。ポリ袋がそこのごみ箱に捨ててありました」

「買《こ》うた日は」

「さあ……」彦島は首をひねる。

私はテーブルの下からダストボックスを引き寄せた。鮨のパックと包装紙、醤油《しょうゆ》の小袋、リンゴの皮、それらを指先でひっくりかえして、下からレシートをつまみ出した。——熊谷は五月二十四日に食料品を買っていた。長北観光で鍵を受け取ったあと、ここへ来る途中にエヴリマートへ寄ったのだろう。

レシートをテーブルの上に置いた。ダイニングボードの横のあずき色のドアを引くと、中は洗面所をはさんで左がトイレ、右がバスルームになっていた。トイレと洗面所に注意をひくものはなく、バスルームも洗い場が乾燥して使用されたようすはない。トイレの窓、バスルームの窓とも、しっかりロックされていた。

私は洗面所の鏡に自分を映した。眉根《まゆね》のたて皺《じわ》、険しい眼つき、無精ひげ、刑事稼業が顔に染みついている。蛇口をひねって水を出し、両手に受けて口をつけた。井戸水だろう、塩素臭がまったくなく、それが大阪の水に馴《な》れた舌には頼りなかった。


雨はいっこうにやむ気配がない。

午前二時、私たちは実況見分を終えた。ストーブのまわりにダイニングチェアを並べ、阿東と彦島を加えて、今後の捜査についての検討を始めた。

川島は別荘内の状況に関して特に不自然な点はないと結論し、その上で、二、三、疑問に思うことがあるといった。

「普通、感電自殺はタイマーを使うもんや。タイマーをセットしたあと、睡眠薬服《の》んだり、酒飲んだりして、眠ってる間にあの世へ行けるという利点があるからこそ、そんな手間暇かけた死に方をする。熊谷みたいに自分の手でスイッチを押したりしたら、感電死の有用性は失《う》せてしまうやないか」

あほくさ、自殺の方法に有用性も効率もあるかい。要は、死ねたらええんやないか
——私はそう考えたが、口にも表情にも出さない。

「それは係長、熊谷が炬燵《こたつ》のコードを使《つこ》うたからやないですかね」

児島がいった。「あのコードは途中にスイッチが付いてるし、熊谷はそれを見て買いよったんです」

「ただそのために、熊谷は大きな大きな炬燵を買うたんかい」

「炬燵コードはちょいとした電器屋やったら別売りしてますがな」

「——とにかく、コードの出処を洗え。いつ、どこで熊谷はコードを手に入れたか、メーカーと型番をもとにして割り出すんや」

川島はそういい、「次は別荘の申し込みや。熊谷は何で佐藤清てな偽名を使《つこ》た。どうせ自殺するつもりなら、本名でええやないか」

「わし、熊谷には逃避行という意識があったと思います」

私がいった。「細江の死と相前後して、美術倶楽部《クラブ》の鑑定委員のところへ警察が顔を出し、洛秀画廊にも、わしらが行って本人から事情を聞きました。蒲池章太郎は事情聴取を受けるし、最近は安井清山堂も捜査対象になったふしがある……熊谷は捜査網の狭まりつつあるのを見てとって、京都を逃げ出したんです」

「逃げるには根拠があるやろ」

「熊谷は細江を手にかけた。そう考えます」

私は、細江が熊谷をゆすり、ゆすられた熊谷が細江を殺したとの持論を述べた。川島は、案に相違して反駁《はんばく》を加えず、黙って私の意見を聞いていた。

「キャビン村の電話予約のとき、佐藤清がそごうの電話番号をいうたんは、五月二十四日が定休日やったからです。職場の俳句仲間が三人で泊まるとか、訊《き》かれもせんことをいうたんは、佐藤の勤め先がデパートであることを示唆した上、予約確認の電話がかかっても、店が休みで嘘がばれんようにしてたんです」

「なるほどね、そこまで考えてましたか」

と、感嘆したようにいったのは彦島だった。彦島も阿東もオブザーバー的な立場で我々のやりとりを聞いており、口をはさんだのはこれが初めてだった。私は実に気分がいい。

「ほな、おまえ、佐藤清がマスクをしてたんは何でや。このわしに教えてくれ」

川島が眉《まゆ》をひそめて訊いた。「自殺志願の男が今さら風邪の予防でもないやろ」

「それはですね……」

言葉につまった。分からない。

「そのマスクの人物と熊谷、別人じゃとは考えられんですかね」

阿東がいった。「何か、そんな気がするんじゃがね」

「ふむ……」

川島は下を向き、そして顔を上げた。「朝一番、営業所に込みをかけんといかん」

「わし、阿東さんに訊きたいことありますねん」

竹内がいった。「営業所に電話をかけたんは何者です。プロパンのボンベが倒れてると、世話焼きの電話をしたんは」

「名前は聞いとらんのですがね。いうだけいうて、すぐに切ったそうじゃから」

「キャビン村の近くは人がよう通るんですか」

「この先に小泊《こどまり》いう集落があって、そこの住民がキャビン村の裏手を行き来します」

「わざわざ営業所の番号調べて、電話したんでっか」

「キャビン村の入口に大きな看板が立っとります。そこに番号が書いてありますけん」

阿東は笑みを含んでいい、ストーブに手をかざした。

「ありゃ、火が消えてますね」

「そういや、さっきから油臭いにおいがしてましたな。コンプレッサーの音がするさかい、気がつかなんだ」

児島が屈《かが》んでタンクの目盛りを見る。「空やな」

全員が顔を見合わせた。これから朝まで火の気もなしに過ごせというのか。

「この型のストーブはすぐに油が切れるんです」

小沢がいった。「せいぜい十時間くらいしか保《も》たへんから、一日に二へんは灯油を入れなあきません」

「えらい詳しいやないか」と、竹内。

「ぼく、学生のころ、スキー場の民宿でバイトしてました」

「どこかに灯油置いてへんか」

竹内は立ち上って室内を見まわす。

私は彦島にたばこをもらって吸いつけた。五月も末になって、予備の灯油があろうはずもない。


朝、雨はようやく小降りになり、私と小沢は別荘をあとにした。小泊へは海に突き出した小さな岬の背を越えて行く。

軽四輪しか通れない曲がりくねった坂道、アスファルト舗装のところどころから雑草が芽吹いている。

霧雨に煙る岬は稜線《りょうせん》だけがわずかに濃く際立ち、なだらかな起伏を浮き彫りにしてみせた。絵になる風景、といえなくもない。

「春やな、え」

私は振りかえって、いった。

「春ですね」

小沢は鼻のつまった声で応じる。

「『春雨じゃ、濡《ぬ》れて行こう』の心境やな」

「何です、それ」

「『月さま、雨が』というやつや」

道は下り坂になり、ほどなくして小泊に着いた。そう広くもない海沿いの平地に十数軒の家が建っている。石積みの防波堤、五隻の漁船、私は頭に青いタオルをかぶった老人が防波堤の付け根に立っているのを認めて、そちらに歩いた。


「――で、とどのつまり、ボンベのことを報《しら》せた人物は不明です。あの集落はみんなが漁師で、毎朝早《は》ようから漁に出るし、九時ごろキャビン村の近くをうろうろしている男はおらんということでした」

「ボンベが倒れてようが、ガスが漏れてようが、わしが発見者やったら、いちいち電話なんぞしてやらへん」

児島は徹夜明けの赤い眼をこすって、「そういう電話があったこと自体、不自然やとは思わんか」

「確かにひっかかるとこはありますね」

私はうどんをすすった。出汁《だし》が塩辛いのは地域性なのか、それともこの食堂だけの味なのか、断定的なことはいえない。

「それで、島さんの方はどうでした。佐藤はやっぱり熊谷でしたか」

「それが何とも頼りないんや」

児島と竹内は長北観光長門営業所の春山文子から訊き込みをした。

春山は、佐藤清のマスクとべっ甲の眼鏡、赤のループタイだけが強く印象に残っており、そのために、髪型や他の特徴は憶《おぼ》えていないといった。熊谷の写真を見せられても、それが佐藤と同一人物であるとは断言できないと答えた。

人間の記憶というのは案外その程度のもので、一晩を同じベッドで過ごした女が、面通しの際、相手の男を間違えてしまったことさえある。だから、新聞やテレビで流される犯人の似顔絵は大半がでたらめであり、かえって捜査の障害になるというのが私の持論である。

「あとは筆跡鑑定やな。佐藤の書いた宿泊カードを持って帰って、科捜研に送る」

「エヴリマートの方は収穫なかったんですか」

「従業員は、マスクをつけたチェックの上着の男が買い物をしたことは憶えてた。それだけや」

児島は、私がうどんを食べ終えるのを待って、席を立った。

地階の食堂を出て、二階の鑑識係へ階段を上る。踊り場の窓ガラスが一枚割れて、布テープで補修してあった。

鑑識部屋で、川島は鑑識係長と話をし、その後ろに竹内と小沢がひかえていた。指紋照合の結果が出たらしい。

「――ドアのノブ、冷蔵庫の把手《とって》、洋服入れ、灰皿、ビールの空き缶、その他十数カ所に熊谷の指紋が付着していました」

五十年輩、額の抜けあがった係長はわずかに腰を屈め、俯《うつむ》き加減で説明する。川島より十センチは背が高いから、そんな姿勢になる。

キャビン村五号棟の室内からは、子供を含めて三十人ないし四十人分の指紋が採取された。これは不特定多数の客を受け入れる貸別荘として当然の結果であり、故意に指紋を拭《ふ》き取ったような不自然な痕跡《こんせき》はなかった。また、熊谷の所持品――アタッシェケース、ファイル、ノート、札入れ等――と、今朝持ち帰った眼鏡、時計、ライター、たばこなどから熊谷以外の指紋は検出されなかった。

「いや、どうもお世話をかけました」

川島は深く頭を下げる。所持品の検査は頼み込んでしてもらったものだ。通常、遺体と現場状況に他殺の疑いがない場合は、こんな詳細な調べはしない。

「マスクの方は一、二日待って下さい。時間がかかります」と、係長。熊谷のマスクには唾液《だえき》が染み付いてい、その唾液から血液型を割り出そうという考えだ。

おおきに、すんません、と川島はまた礼をいった。他府県の警察官相手に日頃の横柄な構えは見せられない。

――夕方、川島と私、小沢の三人は大阪に帰るべく電車に乗った。児島と竹内は長門市に残って、引き続きキャビン村附近の訊《き》き込みにあたる。大阪、京都、金沢、山口と人員を割《さ》いて、帳場は半ば分解状態である。

「──私にはどうも、さっぱり見当がつきませんね。わるいけど、お役に立てそうにありませんわ」

「役に立つかどうかはこちらで判断します」

「こんなこというたら怒らはるかもしれんけど、死なはった人のこと調べて、何の得がありますの」

安井健次はのらりくらり応じて、まともに対しようとしない。一見、ふてぶてしく映る態度だが、たばこを五、六服吸っては揉《も》み消すその仕草と、どこかおもねるような表情に明らかな怯《おび》えが見てとれる。

12

──五月二十八日、午後、私と小沢は左京区大鷺町の安井清山堂を訪れた。安井は、もうすぐ娘が保育園から帰って来るといい、私たちをバス通りのファミリーレストランに誘った──。

「自殺にしろ何にしろ、そこには動機というやつが存在するんですわ。これを確かめて筋の通った解答を書かんことには、わしらの商売あがったりですねん。どうにも話しにくいというんなら、捜査本部へご足労願うという手もありまっせ」

私は高飛車に出た。「安井さん、あんた、今年の一月から四月にかけて、四千五百万円を熊谷から受け取ってますな。これはどういう趣旨の金です」

「どういう趣旨て……」

安井は口ごもり、「取引です。洛秀さんに絵を売りました」

「どんな絵を」

「華岳が二点、龍子が三点です」

「その絵、洛秀画廊には納入されてませんで」

「…………」安井は眼を伏せた。

「去年の八月七日と、今年の五月十二日から十四日、安井さん、どこで何をしてました」

「アリバイ調べですか」

「ついでに、五月二十四日から今日までの行動も聞かせてもらいましょか」

「――私は、何もしてません」

「してないねやったら、つまらん嘘をつきなはんな」

たたみかける。「そんなふうに、今は口のきけん熊谷に忠義だてをする。……安井さん、あんた黒田と細江の連続殺人に、よほどの深い関わりを持ってたとみえますな」

私はあえて、連続殺人といった。安井の反応が見たかった。

「──私は、熊谷さんにいわれて煌春を買いに行っただけです」

安井は顔をもたげて、いった。「あれは去年の夏でした。熊谷さんから電話があって、大阪の仁仙堂が奥原煌春を持っている、贋物だが出来はいい、十点まとめて買って来いと、そういう指示でした」

「洛秀の名前は出すなといわれたんですな」

「ええ。もちろん」

「去年の夏、いうのは」

「八月の初め、一日か二日です。これはあとで知ったんやけど、その煌春は二週間ほど前に、勧業館に出品された絵でした」

「ほな、その絵が黒田の作やということは」

「そんなことまで私は知りません。熊谷さんのいうとおり、買い取り交渉をしただけです」

「交渉の相手は細江ですな」

「はい、そうでした」

──そのとき既に、細江は、蒲池の口から、煌春の作者が黒田であることを聞いていた。仁仙堂に現れた安井を、細江は贋作《がんさく》団の一員と考えたに違いない。

「細江はどんな反応をしました」

「当面は煌春を売るつもりはないと、それだけです」

安井は仁仙堂を出て熊谷に連絡をとった。熊谷は何が何でも煌春を入手せよという。安井は仁仙堂に戻って、一点あたり五十万円の金額を提示した。細江はせせら笑い、出直して来いと手を振った。

「最終的に百二十万まで値を上げたんやけど、相手にされませんでした」

「交渉はそれで打ち切りですか」

「はい。熊谷さんも諦《あきら》めたようでした」

「細江に会《お》うたんはその一回きり？」

「九月に入って、細江が電話をかけてきたことがあります」

細江は安井に、なぜ煌春が欲しいのかと訊《たず》ねた。安井が、煌春の出来がいいので、地方の客に真作として売るつもりだと答えると、細江はそれ以上追及せず、あっさり電話を切った。以来、接触はない。

「安井さん、熊谷が煌春を手に入れようとした理由についてどう思いました」

「熊谷さんは、祇園のある画廊に頼まれたというてはりました。その画廊はかなりの老舗《しにせ》やし、表立って贋物を扱うことはできんとかで、そんなときは私が買い付けに行くんです」

「しかし、偽物に百二十万も出すのはおかしいでしょ」

「買い手があって儲《もう》かるとなったら、ものが何であろうと金は出ます」

「自分らの看板や手は汚さずに安井さんを使う……ずるいですな」

「ずるいけど、私にも金は入ります」

「熊谷から受け取った四千五百万、使い途《みち》は」

「あの金は熊谷さんの裏金です。私は口座を貸しただけやし、どこでどう使いはったんか、いっさい知りません」

いって、安井は長い息をついた。気弱な表情に、ついさっきまでのふてぶてしさは微塵《みじん》も感じられない。

「さて、もうひとつ、安井さんのアリバイを聞かせてもらいましょか」

「それは、家に帰って手帳を調べてみんと……」

「ほな、いっしょに帰りましょうな」

安井の腕をとって立ち上った。


安井清山堂の前には白いローレルが駐《と》まっている。子供を迎えに行ったよめさんが帰宅したらしい。家族のいる家の中でアリバイ調べをされるのもつらいだろうと思い、私は外で安井を待つことにした。

安井はほっとした顔で、すんません、とひと言いい、小走りに家へ向かった。

私と小沢は児童公園に入った。ちょうど一週間前、ここから清山堂を張っていたことを思い出す。公園の南寄りにある桜の古木が、またいっそう緑を濃くしたようだ。カバのベンチに腰を下ろした。大きくあいた口、牙《きば》が一本折れて、そこから蓬《よもぎ》が伸びている。

「あいつ、実行犯ではなさそうですね」

「心証的に合わんな。何ぼ熊谷の子飼いやいうても、殺人を犯すほどの利害関係はない」

たばこに火を点《つ》けた。下を見ると、蟻《あり》が行列を作っている。

「わし、小さいとき、天気のええ日は虫眼鏡を持って近くの原っぱへ行ったがな。そして、お陽さんの光を集めて蟻にあてる。蟻はキュッと丸うなって死んでしまう。今思たら残酷なことをしたけど、子供にはそういう一面があるみたいや」

「先輩の色黒は蟻の祟《たた》りですか」

「これは生まれつきじゃ」

「ぼく、うじ虫をやっつけたことがあります」

小沢は足を前に伸ばし、両腕を支えにして上半身を後ろに傾けた。「小学校三年の夏でした。花火を持って河原へ行ったら、大きな亀が死んで、うじ虫が山のようにたかってるんです」

「何と、気色わるいな」

「みんなで、うじ虫を退治しよとかいうて、亀の死骸《しがい》に火のついた爆竹を差したんです。そして、僕、耳を押さえて目をつむりました」

「哀れ、うじ虫は爆死やな」

「パン、パンと大きな音がしました。……吹き飛ばされたうじ虫が、ぼくの鼻や口にべちゃっとひっついたんです」

「もうちょっと離れんかい。そうか、おまえは蝿《はえ》男やったんか」

腰をずらして移動したとき、安井が公園内に入って来た。黙って二冊の手帳を差し出す。私は受け取って、去年の手帳を繰った。〈八月七日——芝プリンスホテル。鴻池オークション〉とある。

「芝いうたら、東京ですな。鴻池百貨店のオーク……」

と、そこまでいって気づいた。八月七日、熊谷信義も鴻池オークションに参加している。

「これは熊谷といっしょに出席したんですか」

「いえ、私ひとりです。……そのオークションは熊谷さんに頼まれて、古径《こけい》と松園《しょうえん》を落としに行ったんです」

「ほな、落札者は安井清山堂ではなく、洛秀画廊ということですな」

「そのとおりです」

熊谷は安井を使ってアリバイ工作をしたのだ。

私は歯がみをした。鴻池百貨店の美術部に電話をして、裏を取ったのはこの私だ。

「その鴻池主催のオークション、どういう形式になってます」

「ホテルの宴会場に三百点ほどの絵を展示してあるんです。客は会場をまわって、札を入れます」

――入札方法は、会場入口で渡されたカードに、買いたい作品のナンバー、タイトル、作者名、号数と、自分の住所、名前、電話番号を書き、最下段に入札価格を書き加えて、主催者に提出するというもの。売買が成立した場合、主催者は売手、買手の双方から一割の手数料をとる。

鴻池オークションは毎年八月上旬の二日間開催され、全国から千人を超す入場者を集めると、安井は語った。

「千人もの客があるということは、鴻池の美術部員は熊谷の顔を憶《おぼ》えてないでしょうね」

「あのオークションは鴻池百貨店の顧客と、プロの画商が半数くらいずつ参加します。そやし、いちいち憶えてるということはあらへんのやないですかね」

「確か、八月八日も熊谷は出席したことになってますな」

「ええ。八日は熊谷さんが出ました。私と交替という形でした」

作品を落札してカードに名前が書いてあれば、誰も熊谷の出席を疑わない。それに、八日は実際に顔を出しているから、二日とも会場にいたと錯覚してしまう。オークションの仕組みと会場の混乱をうまく利用したのだ。

「八月七日の身代わりについて、熊谷はどんな口実をつけてました」

「――女と旅行するとかいうてはりましたね。会社にも家にも内緒やと、きつう口止めされたことを憶えてます」

黒田理弘を殺害したのは熊谷だった。熊谷は安井を騙《だま》してアリバイ工作をし、車で経ヶ岬へ行った。写生中の黒田に近づき、隙を見て殺した（おそらく、絞殺）。死体を車に積み、黒田が崖《がけ》から転落したように擬装して、富田林へ向かったのだ。

「八月八日、東京で熊谷に会いましたか」

「会《お》うてません。私は八日の午前中に東京駅を発《た》って、熊谷さんは昼すぎに、ホテルにチェックインする予定でした」

「そら残念やな。八日の熊谷のようすを聞きたかったたな」

安井の今年の手帳を開いた。細江の死亡推定日である五月十二日から十四日にかけて、安井は企画展の準備で寺町の画廊と自宅を行き来している。また、十四日以降、京都を離れた形跡もなかった。

「安井さん、熊谷が女と旅行した日に黒田が崖から落ちたことを知って、どう思いました」

「どう思たて……こないだ黒田の死体が見つかるまで何の感想もなかったし、考えもしませんでした」

「ほな、見つかってからは」

「ひょっとしたら、あれはアリバイ作りやったんかなと思たこともあったけど、まさか熊谷さんが人を手にかけるやて考えられません。そうこうするうちに細江が死んで、今度は熊谷さんまで自殺してしもた。いったい何が何やら分かりませんわ」

　安井の口調と表情に嘘は感じられない。

「さて、今日はこの辺で失礼しますわ」

　安井に手帳を返して立ち上った。「お嬢ちゃん、いくつです」

「三つですけど……」

「かわいいやろな。今度来たときは見せて下さいね」

　いうと、安井は何ともいえない複雑な顔をした。

「やったな」

　公園を出るなり、小沢にいった。足取りは軽く、気分はもっと軽い。「ついに黒田殺しの真相を解明した。世の中広しといえども、犯人を知ってるのはわしらだけやで」

「瓢簞《ひょうたん》から駒とはこのことですね」

「どこが瓢簞や、誰が駒や」

「けど、安井がひょっこりオークションのことを……」

「おまえ、ひょうたん島へ疎開せい。真相を摑《つか》んだんは、日頃の精進《しょうじん》と不断の努力の賜《たまもの》やないかい」

「早《は》よう報告をしたいですね。班長のびっくりする顔が眼に浮かびますわ」

「そう。古びた洋館の大広間に帳場の全員を招集するんや」

「ミステリードラマみたいや」

「わしは名探偵。おまえは……そうやな。鐘つき堂の鐘つき男という役どころにしよ」

「しゃれた役ですね」

「どうしゃれとるんや」

「ぼく、もひとつ分からんのやけど、熊谷は何で黒田を殺したんです」

「そんなもん、煌春の偽造に決まっとるやないか」

熊谷は過去の犯罪が露見するのをおそれて、黒田に贋作《がんさく》を禁じていた。そのため、市場性のない黒田の絵を二十年にわたって買い続けてきた。他に相当額の小遣いをせびられもしていただろう。にもかかわらず、黒田は煌春を描き、それを蒲池に預けた。

「黒田には熊谷に対する根深い恨みと反抗心があったんや。自分は利用されるだけ利用されて、あげくの果ては招福絵描き。対するに、熊谷は今や京都の名士。贋作をするなといわれて、はいそうですかと尻尾《しっぽ》を垂らすほどの負け犬にはなりおおせてなかったということっちゃ」

「それがあっさり熊谷に知れてしもたんですね」

「熊谷は勧業館で煌春を見て驚いた。ひと眼で黒田作と分かる代物や。熊谷は黒田を責め、煌春を回収せいと命令した。黒田は蒲池に絵を返せと催促し、蒲池は細江にそういうた。ところが細江は、偽煌春が十点もまとまって出たことにある種の胡散《うさん》くささを嗅《か》ぎとって、こいつを金にしようと企《たくら》んでた。細江は蒲池を脅して、煌春の作者が黒田理弘であることを知ったというわけや」

熊谷が仁仙堂に安井を遣ったのは逆効果だった。安井が煌春を贋作と知りつつ、法外な値をつけたことで、細江は贋作団の存在を確信したのだ。

「――と、ここまで来たら、あとは三題噺《さんだいばなし》や。業界に精通した細江にとって、からくりを解くのはそんなに難しいことやない」

「安井は洛秀画廊の子飼いやし、オーナーの熊谷は三十年も前から黒田を見知ってる。贋作団の黒幕は熊谷に間違いないと、そう考えたんですね」

「そのとおり。門前の小僧、習わぬ経を読みだしたやないか」

「鐘つき堂の鐘つき男です」

「しゃれとるな」

「熊谷は煌春の買い取りを諦《あきら》めた時点で、黒田を殺そうと決心したんですね」

「禍根《かこん》は元から断てというからな」

歩きながら上着を脱ぎ、肩にかけた。「アリバイ工作をし、海中転落を擬装して、熊谷は思いどおりにことを運んだ。やれやれと胸をなでおろしているところへ、細江という新たな寄生虫が出て来よった」

「細江は黒田の墜死をどう考えたんですかね」

「少なくとも、ただの事故とは考えてなかったやろ」

「ほな、そのこともネタにしたんですか」

「まさか確証までは摑んでないやろけど、ネタにはしたと思うな。……富田林の死体発見が五月の十日、熊谷は身元の判明するまでに細江を殺そうと考えたんや」

――バス通りに出た。

私はたばこ屋でセブンスターを二箱買い、

「小沢、洛秀画廊に電話せい。熊谷の自宅へ行く道を訊《き》くんや」

「はあ……」小沢は大口をあいて、「何でそんなことを」

「鈍いな。熊谷のアリバイを崩すんやないか」

「いつのアリバイです」

「細江の死亡推定日や。……熊谷は黒田殺しに際してアリバイ工作をした。細江のときも同じことをやったに違いない」

「細江は熊谷に殺されたんですか」

「当然や。黒田殺しが熊谷の仕業と分かった今、細江には自殺する理由がない」

私はたばこの釣り銭を小沢に手渡した。


熊谷信義の自宅は北区上賀茂北大路町、大田神社の南にある。

私と小沢はタクシーを降り、急勾配《きゅうこうばい》の坂を登る。神宮寺山の麓《ふもと》、附近は緑が濃い。その緑に囲まれて、どれも申し合わせたように純和風建築の邸宅が点在する。

坂を登りきると、正面に苔《こけ》むした大谷石の石組み、二十メートルほど左に銅板葺《ぶ》きの冠木門《かぶきもん》があって、前に乗用車が二台と、葬儀社のトラックが駐《と》まっている。

表札を確かめて、門扉を押し開けた。中は石だたみのポーチになっている。私は右奥の階段を上った――。

「けっこうなお家《うち》ですね」

社交辞令ではなく、私は熊谷博枝《ひろえ》にいった。細江の邸《やしき》ほどの広さと豪勢さはないが、落ち着いた数寄屋《すきや》の佇《たたず》まいに瀟洒《しょうしゃ》な趣がある。杉柾《まさめ》目板の天井、格子欄間《らんま》、雪見障子に縁なしの琉球《りゅうきゅう》畳、この八畳間も趣向を凝らした造作だ。

「お通夜は明日《あした》ですか」

「はい、今日の夜遅うに遺体が帰って参ります」

玄関近くで物音がするのは通夜の場所を作っているのだ。

「――こんなときに何ですけど、ご主人のことで、二、三、おうかがいしたいことがあります」

「は、はい……」

「五月十二、十三、十四の三日間、ご主人が何時ごろお帰りになったか教えていただきたいんです」

「もう半月も前ですね」

博枝はしばらく考えて、「毎日、帰って来たと思いますけど」

「いや、その時間を教えてほしいんです」

「主人はいつも十一時までには帰宅します」

「ほな、その三日間はいつもどおりやったんですか」

「さあ……もう半月も前のことですから」

博枝は一拍遅れた受け答えをする。表情に変化が乏しく口調に抑揚がないのは、気が張りつめているせいだろう。

「何とか思い出してもらえませんか」

「帰って下さい」

「は……」

「帰って下さい。主人、亡くなりました」

「それは重々承知してます」

「警察を呼びますよ」

警察は私だ。

「今すぐ帰りなさい」

突然の豹変《ひょうへん》、博枝は悲鳴をあげかねない。剣幕に押されて私たちは立ち上り、廊下に出た。お茶とお菓子皿の盆を捧《ささ》げ持った女がこちらに歩いて来る。

「あら、お帰りですか」

「奥様のお怒りを買いましてね」

肩をすくめてみせると、女はにこりとした。年は二十歳前後、けっこうかわいい。

「おたくさんは」

「パ、パ、パートヘルパーです、このお家の」

「わし、下の道で待ってます」

耳うちして、女の脇をすり抜けた。

「出て来ますかね」

「出て来る。女を誘うて断られたことはいっぺんもない」

「もてるんですね、先輩」

「その代わり、すっぽかされたことは何べんもある」

いって、二本めのたばこに火を点《つ》けようとしたとき、冠木門から女が姿を現した。

ピンクのヨットパーカーに白のジーンズ、バスケットシューズ、背が高く、足が長い。

女は石垣のそばに立っている私たちを認めて、走って来た。

「すみませんね、遅うなって」

「いや、いや、こちらこそ。失礼ですけど、お名前は」

「藤沢杉子《ふじさわすぎこ》です」

「すくすく育ちそうなええ名前や」

「ありがとうございます。好きなんです、私、杉子という名前」

杉子はぺこりとお辞儀をした。ポニーテールの長い髪が横に流れる。

「パートヘルパーて、パートのお手伝いさんのことですか」

「そうです。朝の七時半から十時まで」

杉子はこの近くに住む専門学校生で、毎朝、熊谷邸へ来るという。熊谷の朝食の支度（コーヒーを淹《い》れ、パンを焼き、サラダを盛り合わせるだけ）をし、犬の散歩をしたあと、学校へ行く。早起きはつらいけれど、ひと月十万円のバイト料が魅力だといった。

「熊谷さん死なはったし、新しいバイトを見つけなあきません」

「朝飯は奥さんが作らへんのですか」

「奥さん、午前中は寝てます」

「そらまた、何で」

「気いつきはりませんでした？」

杉子はくすりと笑って、「奥さん、キッチンドリンカーです」

「キッチンドリンカーいうたら、依存症ですがな」小沢が口をはさんだ。

「正確には、アルコール依存症というんかな、いつもお酒のにおいがします。住み込みのお手伝いさんが来ないのも、そのせいです。熊谷さん、今まで三回くらい、奥さんを病院や断酒道場に入れたとかいうてはりました。最近は匙《さじ》を投げたみたいでしたけど」

「ほな、さっきのヒステリーは発作の一種でしたか」と、私。

「私はもう慣れっこやけど、事情を知らない人は面食らいます」

杉子はまた、くすりとした。よく笑う子だ。

「奥さんは、主人は毎晩十一時までに帰宅するとかいうてたけど、ほんまですかな」

「私は、夜はいてへんし、熊谷さんが何時に帰って来はるか知りませんけど、朝はいつも家にいてはります。庭の植木に水やったり、体操したり……」

「五月の十二日から十四日はどうでした。植木に水をやってましたか」

「今月はずっといてはりましたね。……、ええ、間違いありません」

「奥さん、夜は遅うまで起きてるんやろか」

「十一時ごろには睡眠薬服《の》んで寝るみたいです。あのご夫婦、完全に冷えきってて、口もきかへんし、ご飯もいっしょに食べません」

「すると、寝室も別ですな」

「奥さんは二階、熊谷さんは一階です」

「ということはつまり……」

熊谷のアリバイはあってないようなもんやないか──私は独言《ひとりご》ちた。朝、家にいさえすれば、夜はどこで何をしてもいいのだ。

「藤沢さんから見て、熊谷さんはどんな人でした」

「──とっつきにくい人でしたね。無口で、ちょっと神経質で、表情が少なくて、何を考えてはるのか分からないことがあったけど、私、嫌いではなかったです」

「五月の中旬以降、変わったようすはなかったですか」

「変わったようす？」

「妙にふさぎこんだり、ぼんやりしてたり……」

「そういえば、半月前くらいから、あまり食欲がなかったみたいですね」

杉子はこっくりこっくりうなずいた。「私が朝食を出しても、ほとんど手をつけはらへんのです。黙ってコーヒーを飲むだけやし、ちょっと疲れてはるんかなと思いました」

「了解、了解。そういう話を聞きたかったんですわ」

私もうなずいた。「わし、藤沢さんにお願いがあるんやけど、よろしいかな」

「何です」

「熊谷家のどこかに、煌春という作者名の入った十五号の日本画が五点あるはずなんやけど、それを探してほしいんですわ。ほんで、見つけたら連絡してもらえますかね」

「いいですよ、おやすいご用です」

私は名刺の裏に帳場の電話番号を書いた。

「今日はほんまにありがとうございます。京都まで来た甲斐《かい》がありました」

杉子の手をとって握手した。柔らかい、しっとりした手だった。

「かわいい子やったな。金さえあったら、あんな子がお手伝いに来てくれるんやな」

「先輩、うまいこと手を握りましたね」

「役得や、役得」

「これで、熊谷のアリバイは崩れました。事件は解決したようなもんですね」

「と、そういうふうに捜査を甘くみるのがアマチュアや。ほんまに大事なんは、これからの詰めをどうするかということやぞ」

私は歩をゆるめた。「この事件には物証というやつがない。死んだ熊谷の口から自供を得ることはできんのやで」

「煌春が熊谷の家にあったら？」

「弱いな。動機の証明はできても、殺しの証拠にはならん」

「経ヶ岬で熊谷を見たという証言は」

「一年前の事故に新しい目撃者が出て来るわけないやろ」

「細江が死ぬ前にアワビを食うたレストランを特定して、そこに熊谷が同席してたというのは」

「そう、それや」

小沢の鼻先に指を突きつけた。「わし思うに、二人は金沢のレストランを利用してへん」

「どこです、レストラン」

「――京都や」

――五月十二日から十四日の三日間、熊谷は、昼間は京都を離れていない。十二日の午後、細江が失踪したことから、熊谷は十二日の京都美術倶楽部《クラブ》交換会（午後二時終了）のあと、細江に会って食事をともにしたと考えられる。

レストランを出たあと、熊谷は細江を殺害現場に誘い、青酸カリの入ったコーヒーを飲ませた。

細江死亡。熊谷は祇園へ走り、午後六時からの懇親会に出席した――。

「殺害現場はどこです。ベンツの車内ですか」

「それはまずいな。シートに嘔吐物《おうとぶつ》が付く」

「どこかのホテルですか」

「人目があるやろ」

「ほな、自宅で？」

「キッチンドリンカーが棲《す》んでる」

――坂道を降りた左側に酒屋が見えた。店先に緑の電話がある。

私は酒屋へ走った。洛秀画廊に電話をし、神宮道の第二画廊の展示状況を訊《き》いた。

予想どおり、五月十日から十六日の一週間は空きになっていた。

い。

——午後七時、富南署に帰り着いた。階段を駆け上る。一刻も早く成果を披露したい。

帳場に入った。奥のデスクにいるべきはずの深町が見あたらない。

「おい、班長は」

入口横の席で捜査資料に眼を通している文田に訊いた。

「高槻《たかつき》や。川西の鍍金《メッキ》工場」

「百ワットのはげ頭に金メッキでもしてもらうんか」

「百ワットとはよういうたな。おもろい。備忘録に書いとこ」

「それより、班長は何で鍍金工場へ行った」

「青酸や。青酸カリの出処が割れた。五月の中ごろ、広岡鍍金という工場で青酸カリが紛失したことを、所轄の探偵が聞き込んだんや」

「量はどれくらい」

「三十グラムの錠剤がひとつ」

「その盗まれた青酸カリが細江の服んだもんやと、どうして判断した」

「広岡鍍金は美術工芸品を専門にメッキしてるから、取引先は工房や額縁屋がほとんどなんや。なかでも一番の得意先が四条大宮の塩尻《しおじり》額縁店というとこで……」

「その塩尻が、仁仙堂と取引があると分かったんか」

「ところがどっこい、そうやない。話は最後まで聞かんかい」

文田は資料をデスクの上に放り出し、両手を頭の後ろに組んで椅子にもたれかかった。「塩尻額縁店の最大の得意先は、何を隠そう、室町の洛秀画廊や」

「えっ……」

「洛秀の熊谷は、塩尻に特注の額縁を製作させたとき、メッキの色合わせで、今まで五回ほど広岡鍍金に足を運んでる。そして、いちばん最近の色合わせが五月の十一日やったというわけや」

「青酸カリを盗んだんは熊谷やったんか」

「今、広岡鍍金には鑑識課が入ってる。保管庫から熊谷の指紋が採れたら、細江殺しはほぼ決まりやな」

「あちゃあ……」

私は傍らの椅子を引き寄せて坐《すわ》り込んだ。洋館の大広間にみんなを集めて謎解きをする――吉永誠一の晴れ姿はタッチの差で泡と消えた。

13

京阪京津線は山科を経由して、京阪三条と浜大津を結んでいる。二輛《りょう》編成の小さな車輌が東山三条から蹴上《けあげ》まで三条通を走っており、その区間だけは路面電車と呼んだ方がふさわしい。停留所も四車線の道路の中央部にある。

長谷川の運転する鑑識のデリバリーバンは京阪三条から東山三条まで電車と併走し、神宮道の交差点を北へ左折した。神宮道の両側には画廊、骨董《こっとう》店、陶器店などが並んで、ちょっとした美術街になっている。

ストップ、ここです、私は長谷川にいって、神宮洛秀画廊の前に車を停めさせた。ガラスドア越しに見える店内には、松村の他に誰もいない。

長谷川、久保田、林、川島、私、小沢の順で車を降りた。画廊内に入る。松村は私に向かってにやりと笑った。

——作業にかかった。約三十平米のギャラリー、黒い合成タイルの目地につまったごみと埃《ほこり》を、久保田、私、小沢の三人が鉤針《かぎばり》のような道具でかき取って行く。長谷川と林は奥の事務室で指紋採取だ。川島は壁の絵を、興味もないのに一枚一枚仔細《しさい》に鑑賞し、松村はギャラリーのソファに座って我々の仕事ぶりを眺めている。

——三十分後、集めたごみがフィルムケース一杯分ほどになった。繊維くずと土がほとんどだ。

私たちは車に戻った。久保田がごみの半量を三角フラスコに入れ、蒸留水を注ぐ。かき混ぜて酒石酸を数滴落とし、しばらくおいたあと、瓶口から湿らせたグアヤク試験紙を吊《つ》り下げた。青酸を検出する、いわゆるシェーンバイン予備試験である。——試験紙は淡黄色から青色に変わった。

「やったな」

「やりました」

全員の顔に笑みが浮かぶ。

細江仁司は、ここ神宮洛秀画廊で殺害された——。

およそ十分間にわたる長い電話をして、川島は車に戻って来た。連絡前とはうって変わった仏頂面だ。

「どないかしましたか」長谷川が訊く。

「科捜研から帳場に報告があった。筆跡鑑定の結果が出たんや」

マスクの男が長北観光長門営業所で書いた宿泊カードの鑑定だ。

「熊谷が書いたんでしょ」久保田がいった。

「大違いや。あのカードは別人の書いたもんやった」

「何ですて……」と、私。

「科捜研はカードの指紋も調べた。熊谷の指紋は付着してへん」

「筆跡鑑定は百パーセントの信頼がおけるんですか」

「宿泊カードだけやない。貸別荘にあったガーゼのマスク、付いてた唾液《だえき》はA型や」

「ほな、明らかに別人ですがな」

熊谷の血液型はOだ。

事件は思わぬ展開を見せ始めた。熊谷の犯罪を立証することによって完結、落着するはずの捜査ではなかったか。

「くそったれ、やっとこさ熊谷を追い込んだと思たら、またぞろ新しいトラブル発生や。わしゃ、もうついて行けん」

川島はあくびのようなためいきをついた。


――五月二十九日、午前六時三十分、ひかり九一号で大阪を発《た》った。

車内販売のコーヒーを飲み、新神戸を過ぎて、私は棚のバッグから朝食を取り出した。

「何と、爆弾みたいなおにぎりですね」

小沢が眼をみはるのも無理はない。デコの作るおにぎりはソフトボールをひとまわり大きくした球形で、全面に海苔《のり》が巻いて——というよりは貼りつけてある。中には、塩鮭、たらこ、かつお節、ちりめんじゃこ、梅干が詰められて、ひとつのおにぎりで五つの味が楽しめるという豪快さ。この爆弾おにぎりは三合の飯を炊いて二つしか作れない。

「旨《うま》い、ああ旨い」

はじめに食いついたところはちりめんじゃこだった。しこしこした歯ざわりの阿波産だ。小沢がじっと見つめている。

「美味《おい》しそうですね。ぼくも結婚しよかしらん」

「それは小沢君、相手が要りまっせ」

「お見合いをするんです」

「仮装パーティーのあと、覆面デートやな」

私は茶をすすって、「おにぎり、食いたいか」

「——ええ、はい」

実は、小沢の分も用意している。私は立って、バッグからもうひとつのおにぎりを出した。

青海キャビン村に着いたのは昼少し前だった。五号棟、児島がリビングの椅子に腰かけてうつらうつらしていた。

「おう、よう来たな」

「大して足しにはならん応援ですけど」

「二人よりは四人の方がにぎやかでええがな」

「その後、進展は」

「あかんな。マスクマンを見たんは、春山文子とエヴリマートの店員だけやし、ガスボンベの通報者も割れてへん」

「竹内さん、どこです」

「電器屋や。電車に乗って萩《はぎ》へ行った。長門市から萩へは快速電車で三十分の距離や」

熊谷が感電自殺に使った炬燵《こたつ》の電気コードは、イズミ電機製の41―70Hという製品だった。当該の品を取り扱う卸商社が萩にあり、そこへ竹内は訊《き》き込みに行ったという。

「それで誠やん、写真は持って来てくれたか」

「はい、ここに」

バッグから紙袋を取り出した。中には今まで捜査線上に名前のあがった関係者のうち、A型の男の顔写真——矢野、猪原、安井——が入っている。アリバイの有無には関係なく、写真を春山に見せてみようという考えだ。

「宿泊カードの筆跡、鑑定官の意見では、明らかに作為のある不自然な書き方をしているということでした」

矢野、猪原、安井の三人については、手書きの年賀状や挨拶状《あいさつ》など、筆跡の分かるものを提出してもらい、科捜研に送るよう手配している。

「鍍金《メッキ》工場の保管庫から熊谷の指紋を検出したそうやな」

と、紙袋を開けながら、児島。

「それともうひとつ、神宮洛秀画廊のスエード張りのソファから、細江の頭髪を採取しました」

「からくりを説明してくれ。わしゃ島流しにおうとるから、理解の遅れてるとこがある」

「五月十二日、美術倶楽部《クラブ》の交換会が終ったあと、熊谷は細江に会いました。場所は、市街からちょっと離れた、駐車場のあるレストランで、ここへ細江はベンツに乗って来ました。二人は酒を飲みながら、生ハムや、アワビを食べ、そのあと、たぶん四時ごろ、——」

熊谷は細江を神宮道の神宮洛秀画廊に誘い込んだ。奥の湯沸室でペーパーフィルターのコーヒーを淹《い》れ、青酸カリを混入して細江を毒殺したあと、死体を事務室に隠し、ギャラリーの床の嘔吐物《おうとぶつ》をポリ袋にすくい取った。床を雑巾《ぞうきん》で拭《ふ》き、細江の触れたと思われるドア、テーブルなどの指紋を拭きとり、コーヒーカップを洗った。

午後六時、祇園花見小路の料亭、松川で美術倶楽部主催の懇親会。

午後八時、散会。二次会の誘いを断り、神宮洛秀画廊へ戻る。細江の死体をシートに包み、裏の搬入口から運び出して、細江のベンツのトランクに積んだ。京都南インターから名神高速道路に入り、大阪へ。いったん吹田インターを出たあと、また高速道路に入って、金沢に向かう。

「――その裏の搬入口いうのは何じゃい。ベンツはどこに駐《と》めてあったんや」

「神宮道の洛秀画廊は細長いテナントビルの一階にあるんです。道路に面して五軒の店が並んでて、裏手がテナント用のパーキングになってます。どの店も七時までにはシャッターおろして従業員が帰るから、死体を積んだところは目撃されてません」

「分かった。疑問は解消した。ゴー・アヘッドや」

「何です、ゴー・アヘッドて」

「知らんか、話を進めてくれということっちゃ」

「かっこええ」

小沢がいった。「児島さん、バイリンガルですか」

「奥さんが中学で英語の先生してはる」と、私。

「そう、元スチュワーデスやがな」

児島は胸を張る。真赤な嘘だ。

「――熊谷が金沢西インターを出たのは十三日の午前零時ちょっとすぎでした。北陸自動車道のレシートが十三日付になるように時間を調整したんです」

「その目的は」

「五月十三日、熊谷は朝の九時から一日中、画廊にいてました。普段は晩の六時か七時に帰るのに、その日に限って十時まで残業したんです」

「十三日のアリバイを作ろうとしよったんやな」

「そういうことです」

「わし、あのレシートを見て、漠然と、細江は十三日の昼ごろ金沢へ行ったと思った。心理の盲点というやつやな」

「熊谷は金沢市内のどこかで、死体をベンツから自分のBMWに積み替えました。そのとき、レシートを死体の指に押しつけたんです」

「BMWを金沢へ運転して行ったんはいつや」

「十一日です。その日の午後三時ごろ、熊谷は高槻の鍍金工場を出て、画廊に戻ってません」

「十一日は、富田林の白骨死体が見つかった次の日やな」

「熊谷、黒田の身元が判明するまでに細江を殺さなあかんかったんです。黒田の死が事故でないと知ったとき、細江のゆすりは際限なくエスカレートする、下手したら密告さえしかねんと、そう思たんですね。黒田の死体発見が第二の殺人計画を実行に移させたということです」

——熊谷はベンツを兼六園球場脇に放置し、BMWを運転して鹿西町に向かった。能登部駅近くの食料品店、熊谷は車から降りて自販機の缶コーヒーを買った。県道を北へ走って山間部に入り、空地に車を停める。死体をトランクから出し、背負って林道を登った。二百メートルほど行って涸《か》れ沢。死体を窪《くぼ》地《ち》に横たえ、まわりに嘔吐物を撒《ま》いた。缶コーヒーをあけて半分捨て、青酸カリを入れる。缶に細江の指紋をつけて死体のそばに置いた。

鹿西町から上棚、能登海浜道路を走り、金沢東インターから北陸自動車道へ。名神高速道路京都東インターを出たのは午前六時三十分ごろだった——。

「これが距離と行程を詳細に検討した結果でした。時間的にも妥当な線です」

京都東インターから上賀茂北大路町の自宅へは約三十分、手伝いの藤沢杉子が来る七時三十分までには充分な余裕がある。

「なるほど、よう分かった」

児島は椅子に坐《すわ》ったまま大きく伸びをした。

「さて、この写真を持って営業所へ行くとするか」

「それ、わしらが行きますわ。春山いぅ女の子にも会《お》うてみたいし」

「三十すぎの人妻や。女の子やない」

と、児島は笑い、「そういや、きのう、春山からちょいとした情報を仕入れた。熊谷はこの五号棟から電話かけとる」

「京都ですか、それとも大阪へ」

「市内通話や。一通話で料金は十円。あとで精算できるよう、営業所に記録が残るシステムになってる」

「長門市内に知りあいがおるとも思えませんね」

「そやし、市内の酒屋とか食堂に出前でも頼もうとしたんやないかと、わしは考えた。いちおう確かめてみたんやけど、その事実はなかった」

「その電話、必ずしも熊谷がかけたとは限りませんね。例のマスクの男かもしれませ
ん」

「受話器には熊谷の指紋しか付いてなかったぞ」

「死ぬ前の一通話……妙に気にかかりますね」

私はリビングを離れて、寝室に入った。

白い合板製の電話台は、三つ並んだベッドの足許《あしもと》、中央部の壁際にあった。このあいだは確か、奥の洋服入れの隣に置かれていたのが、場所が移動している。

受話器を上げて耳にあてた。無音。

電話機に貼ってあるラベルの指示どおり、0のボタンを押すと、ツーンという発信音が聞こえた——〇六・五五二・一四××のボタンを押す。

「——はい、岩朝《いわさ》商店です」

「デコか、おれや」

「あら誠ちゃん、もう山口に着いたん」

「着いた。デコは何してる」

「何してるて、お仕事やんか」

「おれもお仕事や」

意味のない会話。デコの声を聞いたことに満足して電話を切った。

寝室を出て、児島に訊《き》いた。

「電話台の位置、変わってますね」

「熊谷が動かしてたらしい。元の場所に戻したんや」

「何で動かしたんです」

「知るかい、そんなこと」

児島は頭を左右に振って首をコクンと鳴らした。

長北観光長門営業所は長門市駅の北百メートル、ガソリンスタンドと鋳鉄《ちゅうてつ》工場にはさまれた小さなビルの一階にあった。コンクリートブロックで仕切っただけの狭い歩道に宅配便やファクシミリサービスの立て看板を並べている。私は上着のボタンをとめて、営業所のドアを押した。

「——これはあくまでも参考です。この中にマスクの男がいてるとは限らんし、そのつもりで見て下さい」

カウンターの上に三枚の写真を並べた。春山文子は一枚ずつ手にとってためつすがめつし、

「すみません、やはり分かりません。……マスクをつけて、眼鏡もかけてましたから」

「いや、そんな謝ってもらうようなことやありません」

あわてて、そう言い添えた。

猪原は痩《や》せぎす、安井は若すぎる、年格好と体型が似ているのは、あえていえば矢野だが、矢野は熊谷ほど眼が鋭くない。

「声はどうでした。訛《なま》りはありましたか」

「特に変わった声ではなかったと思います。よく咳《せき》をしてました。訛りは……そうで

すね関西訛りはなかったような気がします」

「男はどんなふうに宿泊カードを書きました」

「申しわけありません、憶《おぼ》えてないんです。ちょうどそのとき、ファクスのお客さんがいて、その対応をしてましたから」

この営業所にいるのは、春山と畑田という男の二人だけだ。畑田は今日、本社へ行っている。

「――いや、どうも。また何かありましたら教えて下さい」

頭を下げた。新情報は何ひとつ得られなかった。


営業所を出たのは二時だった。急に空腹を覚える。

「何ぞ食おか」振りかえって、小沢にいう。

「それより先輩、ぼく、気になることがあります」

「何や」

「さっき児島さんに聞いた市内通話の件です」

「それがどないした」

「ぼく、ガスボンベが倒れてることを営業所に知らせた電話が、その市内通話やったような気がします」

「すると何かい、ボンベの通報者は五号棟から電話をかけたというんか」

「そう考えるのは無理ですか」

「まあ待て」

私は立ち止まった。考える。

――営業所に電話がかかったのは二十六日、午前九時。熊谷は前日の午後六時前後に死亡しているから、かけた男はマスクマンとみるのが妥当ではあるが、しかし、――。

「あかんな。営業所の畑田が五号棟に来たとき、現場は密室やった。仮に何者かが五号棟から電話をかけたとしても、密室を抜け出すのは不可能や」

「合鍵《あいかぎ》を持ってたとは考えられませんか、玄関ドアの鍵を」

「合鍵は簡単に作れる。けど、ドアチェーンは外からかけられへんぞ」

「窓の一部が開いてたというのは」

「それもない。警察が来るまで畑田は現場を触ってない」

「畑田が嘘をついてるとは」

「おまえ、ミステリードラマの見すぎや。推理と妄想の区別がついてへん」

私は議論を打ち切った。横断歩道の向こう、手打ち長州そばと看板のあがった店へ歩きだす。

大型ダンプが地響きをたてて私たちのそばを走り過ぎて行った。

児島と竹内は商店街の外れの商人宿に泊まっていた。薄暗い蛍光灯、すすけた天井、ラメ入りの綿壁、襖《ふすま》を境にして、八畳間に二人ずつが寝る。いかにもうらぶれた感じだが、これも一種の旅情ではある。

私はふとんの間を躙《にじ》り上った。枕を胸の下に敷き、たばこと灰皿を引き寄せる。隣の小沢も俯《うつぶ》せになり、ノートに何やら書きつけている。

「それ、日記か」

「いえ……」

小沢は腕でノートを隠そうとする。

「ほな、何を書いてる」

「今日あったことをメモしてるんです」

「それを世間では日記というんや」

私はたばこに火を点《つ》けた。「メモにはコメントも加えるんやろ」

「ええ。時々は……」

私の悪口も書いているに違いない。そう思うと妙に落ち着かない。

「捜査内容も書くんか」

「自分なりの疑問点なんかも書きます」

「マスクマンは、はたして何者か、別荘の電話はどこへかけられたか……と、そんなとこやな」

「はい、そうです」

「立派や。ええ心がけや。将来は捜一小沢班の班長さんやな」

適当に持ちあげる。好かれる先輩を志すのだ。

「早《は》よう寝んと、明日《あした》がしんどいぞ」

たばこを消して、ふとんから出た。

ギシギシする廊下、突きあたりのトイレへ行くと、足許にスリッパが脱いであった。中から水を流す音。

戸があいて、竹内が出て来た。入れ替わりに入って浴衣《ゆかた》の前を開いたとき、意識の底で何かが弾《はじ》けた。

入れ替わり、密室、マスクの男——。

「そうか、そういうことか」

私はトイレを飛び出して部屋へ走った。戸を引き開けて、

「小沢、このあいだ、スキー場の石油ストーブがどうたらこうたらいうてたな」

「はあ……？」

「キャビン村の現場検証をした大雨の晩や。明け方になって灯油が切れたやろ」

「ああ、あの時は寒かったですね」

「あの型のストーブ、満タンの燃焼時間は、ほんまに十時間なんやな」

「はい。長《なご》うても十二時間です」

「よっしゃ。これからおまえは県警の阿東さんに電話せい。わしは畑田に連絡をとる」

「もう十一時過ぎですけど……」

「四の五のいうてんと起きんかい」

いって、小沢のふとんを剝《は》いだ。


「そやし、あの現場は密室でも何でもないんですわ。マスク男は別荘の中に潜んで、営業所員が来るのをじっと待ってたんです」

「プロパンのボンベを倒したんはマスク男やというんやな」

と、ふとんの上にあぐらをかいた児島。浴衣がはだけて筋ばった太腿《ふともも》が見えている。

「キャビン村の近くには公衆電話はありません。できれば別荘の電話は使いたくなかったんやけど、マスク男はボンベを倒したあと、五号棟の電話で営業所に報《しら》せたんです」

「で、待つこと三十分。えっちらおっちら畑田がやって来たというわけか」

と、頬杖《ほおづえ》ついた竹内。この横着者はふとんの中からものをいう。

「ボンベが倒れてたら、営業所員は当然、別荘内を点検しようとします。マスク男はストーブを点けっ放しにして所員の注意をひき、ベッドから熊谷の足を出して異状を知らしめたんです」

畑田は玄関ドアの錠をあけ、ドアチェーンを切断して中に入った。寝室の死体を発見して、一一〇番通報する。その隙に、マスクマンはバスルームを抜け出し、玄関から外へ逃走した。

「電話台を寝室の奥へ移動させたんは、寝室の出入口からマスク男が逃げるところを見られんようにするためです。別荘の外へ出て裏の土手を越えたら、あとはゆっくりキャビン村を離れられます」

「ちょいと質問や」

児島がいった。「畑田はたまたまペンチを持ってたから、ドアチェーンを切ることができた。マスク男はそこまで予測できへんぞ」

「人が死にかけてるかもしれん状況を前にして、所員がそのまま帰るてなことはありません。窓ガラスを破ってでも入るはずです」

「その場合、マスクマンは破れた窓から逃走するつもりやったんです」小沢が補足した。

「寝室の窓を破ったらどないするんや」

「寝室の窓と、バス、トイレの窓はアルミ格子がついてます。破るとすれば、リビングのガラス戸です」

「ふむ……」

児島は俯《うつむ》いて首筋をなでた。ゆっくり顔をもたげて、「もうひとつ質問や。……営業所から別荘へ来るのは必ずしも一人とは限らんぞ。もし、畑田と春山が来たら、マスク男はどないするつもりやった。バスルームに閉じ込められたまま、警察が来るのを待つんか」

「県道からキャビン村へは一本道です。複数の人間が歩いて来るのを見たときは、マスク男はドアチェーンをかけずに施錠だけして逃走するつもりやったんでしょう」

「――なるほど、ようできた話や。マスク男の存在、倒れたガスボンベ、営業所への通報、一回の市内通話、電話台の移動、どれもが無理なくつながる。……が、しかしや。この推理を証拠だてる事実がない限り、こいつは単なるおはなしということになってしまう。畑田が別荘へ入ったとき、バスルームにマスク男が隠れてたということをどうやって証明する」

「証明はできます」

私は正座を崩してあぐらになった。「答えは、五号棟のリビングにあった排気筒付きの石油ストーブです。長北観光の畑田に確認したところ、あのストーブの連続燃焼時間は、タンクをいっぱいにして、約十時間ということでした」

「ああ。それで？」

「二十六日の午前九時半、畑田が別荘内に入ったとき、ストーブは赤々と燃えてました。ということはつまり、熊谷が感電死した二十五日の午後六時以降、少なくとも十五時間半以上、燃焼し続けていたということになります」

「五時間半の差は大きいな」

「畑田はストーブを消してません。警察が来て、現場検証中も火が入ったままでした。ようやく十二時ごろになって、阿東さんが火を消したんです」

「——二十五日の十八時から二十六日の十二時。……十八時間も燃えてたということになるな」

「まだ、おまけがあります。二十六日の二十三時ごろ、ずぶ濡《ぬ》れの我々が到着して、阿東さんはストーブに火を点けました」

「そうそう、憶《おぼ》えてる」

「で、ストーブは翌朝の二時に、燃料が切れて消えてしまいました」

「十八足す三……二十一時間も燃焼してたということになるがな」

「途中、タンクに灯油を足した事実はありません」

「ほな、二十六日の朝、ストーブを点けたんは、マスク男か」

竹内がふとんから這《は》い出して来た。

「最大燃焼時間の十時間から、ずぶ濡れの三時間を引いたら、残るのは七時間。これを現場検証中の十二時から逆算すると、最初にストーブに火が点《つ》けられたんは、五月二十六日の午前五時以降という結果になります」

「こらおもろい、ほんまにおもろい」

竹内が歓声をあげた。「熊谷の死体のそばにはマスク男がおったんやないか」

「誠やん、おまえ、ホームランや」

児島が低くいった。いつになく真剣な表情で、「マスク男がそんなにまでして密室という状況を作りたかった理由は何やと思う」

「熊谷、自殺ではないですね」

「と、みるより他なさそうやな」

「感電自殺そのものは、擬装は容易です」

私は寝室での殺人の情景を思い描く。――マスクマンは意識を失った熊谷をベッドに横たえ、左胸と右腋下《わきのした》に炬燵《こたつ》コードを貼り付けた。プラグをコンセントに差し込み、スイッチを入れる。熊谷は激しく痙攣《けいれん》し、絶命した。マスクマンは死体の左手にスイッチを握らせ、密室の設営にとりかかった。

「あとは、熊谷の死亡推定時における関係者のアリバイを徹底的に洗うことです」

「明日《あした》の晩は大阪へ帰れそうですな」竹内がいった。

「帳場に錦《にしき》を飾るんや」

児島はあくびをかみころした顔でうなずいた。


――翌、五月三十日、午前、別荘でストーブの燃焼時間を確認している我々に、帳場から連絡が入った。金沢市菊川二丁目、北陸医科大学附属病院駐車場に熊谷のBMW（京都33―58××）が駐《と》められていた事実が判明したという。

熊谷は五月十一日午後八時、BMWを駐車場に入れ、五月十三日午前零時二十五分、自動改札機に三日分の料金三千円を納めて、車を出していた。これは我々が推定した熊谷の行動にぴたり一致する。

病院は兼六園球場から南に約一キロ離れた犀川沿いに位置し、夜間、附近の人通りはほとんどない。

十三日午前零時四十五分ごろ、熊谷は犀川の河川敷か、近くの土木資材置場で、ベンツからBMWに細江の死体を積みかえた。ベンツを運転して兼六園球場へ行き、これを放置。歩いて河川敷に戻り、午前一時ごろ、BMWに乗って鹿西町へ向かったと考えられる。

――そして、石油ストーブの連続燃焼時間は、やはり十時間だった。

14

六月。二日続きの雨が降っている。

今日も朝から肌寒く、厚手のツイードジャケットを着て家を出た——。

「そろそろ梅雨入りやな」

私は小沢に話しかけた。「雨の降る日は何で天気がわるいんや」

「はい？」

「雨はわるい。晴はええ……いったい誰が決めた。雨がかわいそうやないか」

「先輩、雨が好きですか」

「嫌いや。傘が重い」

——玄琢《げんたく》グリーンテニスクラブに着いた。コンクリート塀と高いフェンス、雨でコートが使えないのだろう、広いパーキングに駐まっている車は五台だけだ。

赤い三角屋根のクラブハウスに入った。受付で用件を告げると、しばらくして、左の控室からトレーニングウェアの女性が出て来た。長い髪を頭頂部に括《くく》ったパイナップル頭、化粧が濃く、目鼻だちがくっきりして、かなり派手な印象を受ける。彼女は吉田美紀《よしだみき》と名乗り、我々を二階のクラブルームに案内した。

「なかなかの高級クラブですね」

「そうですね、けっこうハイグレードな会員が多くて」

クラブルームからは十面のコートが見渡せる。すべて煉瓦色《れんがいろ》のアンツーカー、それぞれコートを低いイヌツゲの生垣で区切っている。

「テニスをなさるんですか」

「バドミントンはします」

ほとんど関連がない。

「五月二十五日の夕方、安井健次さんはここのナイターレッスンに参加したということですけど、インストラクターは吉田さんでしたね」

「はい、私です」

「レッスンの時間は」

「午後五時から六時四十分です」

「安井さんが出席したことは確かですね」

「確かです。出席カードが残ってますし、私もよく憶えています」

美紀は即答し、私は少し気落ちした。これで、熊谷の死亡推定時――五月二十五日、午後五時から七時――におけるA型の三人のアリバイが成立した。

猪原省三――西宮市甲陽園の歯科医院に売った絵を届けたあと、夙川《しゅくがわ》の鮨屋《すしや》で歯科医と食事。午後九時ごろ、タクシーで帰宅。

安井健次――午前中は自宅。午後、妻といっしょに近くのスーパーで買物。夕方、テニスレッスン。帰宅後は外出せず。

矢野伊三夫――午前から夕方にかけて、京都市内の個展会場三つをまわり、各作家に顔つなぎ。午後八時、大阪大正区千島町の顧客宅で商談。午後九時五十分、私と会って喫茶店へ。午後十一時五十分、帰宅。

「吉田さん、レッスンがなくてもクラブに来るんですね」小沢がいった。

「雨の日はミーティングがあるんですよね」

「テニス、うまいんですか」

「レッスン生よりは、ね」

吉田美紀は真っ赤な唇を尖《とが》らせて、そう答えた。


梅田から地下鉄で谷町四丁目、北改札口を出て東へ歩く。大阪城外濠《そとぼり》へ向かうなだらかな上り坂、雨は時おりポツンとくるほどの小降りになって、傘をさすほどでもない。

私は、京都からの帰り、科学捜査研究所へ寄るよう、深町から指示されていた。筆跡鑑定の結果を帳場に持ち帰るのである。

「わし、白骨死体の身元が割れた時点で、事件は簡単に片付くと考えてた。それが、いつの間にやら、もう六月。ただの一日も休みがない。世間の連中は、テニス習《なろ》うてます、ゴルフしてますと、それなりに気晴らしもあるのに、不公平やと思わんか」

「確かに、休みは欲しいですね」

「おまえ、何のために探偵になった。……まさか社会秩序の維持ではないやろ」

「——違いますね」

「正義感か」

「でもないみたいです」

「ほな、何や」

「たぶん、この仕事が好きやからです」

「わしといっしょや」

科捜研に着いた——。

理化学課。主任研究官、南原秀計《なんばらひでかず》は、佐藤清の宿泊カードと、猪原、矢野の年賀状、安井の挨拶《あいさつ》状を作業机の上に並べた。私が見るに、佐藤の筆跡——極端な右上りの癖字——と他の三人のそれは似ても似つかないものである。

「筆跡の偽造というのは桃山時代の昔からありましてね」

南原はにこやかに話し始めた。「当時は名僧や貴人の筆跡を鑑定することが流行《はや》ったんです。そこで『古筆見』と称する筆跡の鑑定専門家が現れて、『折紙』と呼ばれる鑑定書を発行しました。今でも、権威ある証明や鑑定を『折紙つき』というのはこれが起源ですよ」

「へーえ、語源をたどるとおもしろいことがあるんですね」

「昔は古筆見、今はコンピューターが筆跡鑑定をします」

これまでは、鑑定人が長年の経験で形態や字くばりなどの類似性を総合判断したが、この方法には主観が入り、個人差が生じてしまうと南原はいう。

「コンピューターのパターン認識を応用して、文字の特徴を数値化するんです。そして、求めた数値を対照すべき点などを判別し、文字の数値群と比較し、類似性を判定するというのがコンピューター鑑定の考え方です。……で、この結果ですが、文字の形態的類似性は、矢野が一二パーセント、猪原が四パーセント、安井は三パーセントでした」

「それはつまり、どういうことです」

「ほとんど似てないといっていいでしょう」

「要するに、別人ですね」

長々と講釈をたれたあげくがこれだ。似ていないのなら、最初からそういえばいい。私の不満げな表情を見てとったのか、南原は、

「今、申し上げたのは形態的類似性です」

「他に何かあるんですか」

「濃度パターン法です」

人が文字を書くとき、筆圧の変化とともに字画線の濃さと太さが変化する。濃度分布は各個人で同様のパターンを描いており、これは文字の形態にあまり左右されないと、南原は説明した。

「宿泊カードの字画線は書き出しと書き終りの部分で筆圧が非常に強く、曲線の場合はその途中部分が最も強くなります。これはかなり特徴のある……というよりは珍しい書き癖です」

「その書き癖に合致する筆跡がここにあるんですか」

私は作業机の資料を見まわした。

「あります」

南原は深くうなずいた。「これがそうです」

おもむろに手にとったのは矢野伊三夫の年賀状だった。

「形態性と濃度パターンを総合すると、猪原と安井の類似性は一パーセント以下。矢野は五〇パーセント以上ということなんです」

「宿泊カードは矢野が書いたとみてええんやな」

「鑑定官はそういいました」

「矢野の五月二十四日から二十六日のアリバイは」

「二十四日は一日中、昭峩堂で軸絵の梱包《こんぽう》と発送です。二十五日は京都の個展会場まわり。二十六日は、午後三時前に、大阪の梅新画廊に顔を出してます。……梅新画廊については、裏は取れてます」

「二十四日は自己申告やな」

「証明する第三者はいてません」

「矢野、免許は」

「持ってます。車はスカイラインのライトバンで、昭峩堂の近くの駐車場に置いてます」

「二十四日、矢野は長門市へ行った。髪をオールバックにし、ちょび髭《ひげ》をマスクで隠し、べっ甲の眼鏡をかけて宿泊カードを書いた。そして、その足で京都へ帰り、二十五日の朝から個展会場をうろちょろした。夜は大阪へ来て、吉永誠一とぜんざいを食うた。……この奇妙な行動はいったいどういうわけや」

「とにかく、まめに動きまわってます」

「熊谷が東京出張と称して家を出たんが、二十四日の午前八時。矢野はどこぞで熊谷を捨て、いっしょに長門へ走ったとは考えられんか。午前十時ごろ京都を発《た》ったら、午後の六時前に長門へ着くやないか」

——二十四日の夕方、長門市駅の改札を、薄茶のチェックのジャケットを着たマスクの男が通ったという証言はない。矢野が熊谷を車に乗せて長門へ行ったと考えれば解決がつく。営業所の春山文子が、マスク男の連れは外で待っているようでした、と語ったのも首肯できる。矢野は熊谷のジャケットを借用して春山の前に立ったのだ。

「いちばんの疑問は動機ですね。何で矢野は熊谷に同行し、熊谷に扮《ふん》して別荘に入ったか。……感電自殺を装って熊谷を殺したと仮定したら、答えが出そうな気はしますけど」

「しかし、別荘内から矢野の指紋は検出されてへん。完璧《かんぺき》なアリバイもある。おまえがその証人や」

そう、熊谷の死亡推定時に、矢野は京都にいた。そのあと、大正の和風喫茶店で私に会っている。

「——熊谷の死亡推定時間をずらす方法はないんでしょうね」

「一時間や二時間ずれたところで、どうなるもんでもない」

京都から青海島まで、電車を乗り継いで五時間強。車だと中国自動車道を突っ走って約七時間。飛行路線はなし。——矢野が熊谷を殺すには半日のずれが必要だ。

「とにかく、君らは矢野を洗え。五月二十四日から二十六日まで、ちょび髭がどこで何をしたか、尻《しり》の穴から中の糞《くそ》まで洗い直せ」

深町は私と小沢を交互に見た。「少々のにおいで手を引くようでは一課の探偵は務まらんぞ」

家に帰ると、デコが外廊下に並べたプランターの草花に水をやっていた。私はそばに寄って、

「これ、何ちゅう花や」

興味はないが訊《き》いてみた。赤、黄色、紫、日頃は気にもとめないが、改めて観察すると、けっこうたくさんの花が咲いている。蕾《つぼみ》をつけている株も多い。

「ペチュニア、マリーゴールド、ベゴニア、パンジー」

デコは順に名をいって、「花好きのご主人がそんなことではあかんね」

「また、それをいう」

——去年の秋、夜中にデコとけんかした。私はパジャマ姿のまま外に放り出され、閉め出しを食った。寒く、金もなく、行くところもない。仕方なく廊下にうずくまっていると、ふいに隣のドアがあいて、奥さんがごみの袋を持って出て来た。私は咄嗟《とっさ》に花の手入れをするふりをし、奥さんが戻ってくるまでそうしていた。以来、私は花

好きのご主人で通っている――。

　水やりを終えて家に入った。奥の六畳間で大の字になる。

「しんどそうやね」

「捜査がややこしいんや。あと一歩のところで、どうにも前へ進まへん」

「悩みごとはうちに相談し。解決法を教えたげる」

「ご親切に、おおきにありがとう」

　私は捜査状況を説明した。

　デコは黙って耳を傾け、

「――密室が解けたと思たら、今度は時刻表のトリック。推理小説を地で行ってるみたいやね」

「こんな盛りだくさんの推理小説があるかい。読者がわけの分からんようになる」

「わけの分からんのは誠ちゃんやろ」

　いって、デコはひょいと立ち上り、コンポーネントステレオにCDをセットした。

　拍手、歓声、ベースがリズムを刻み、ドラムとギターがかぶさってくる。また、ブルースだ。デコは七〇年代のブルースやR&Bばかり聴く。最近のポップスやニューミュージックには見向きもしない。

　女のくせに――といいかけて、やめた。禁句だ。

「演歌はないんか、演歌は」

「塩干屋は演歌を聴かへんの」

私はブルースは嫌いだ。懈《だる》く、年寄りくさい。なのに、時には無意識に拍子をとっていたりする。はっと気づいたときの間のわるさは何とも表しようがない。

「炬燵《こたつ》のコードを買《こ》うた店とか、別荘の合鍵《あいかぎ》を作った店をつきとめたらいいのに」

「いわれんでも捜査してる」

矢野がコードを入手したのであれば、それはおそらく京都市内だ。深町は合鍵の製作店と電器量販店をあたるよう、総田と文田に指示した。

「な、誠ちゃん」

デコは正座の膝《ひざ》を広げて、ぺたりと畳に坐り込んだ。「うち、分かった。トリックが分かったわ」

「ほう、そらすごいな」

「気のない返事。聞きたくないの」

「いや、聞きたい。ぜひとも教えてほしい」

いいつつ、何の期待もしていない。

デコはリモコンを手にとって、ステレオのボリュームを下げた。

「うち、このリモコンを見て気がついた。ひょっとしたら天才や」

「甜菜《てんさい》でも砂糖キビでもええ、早《は》よう教えてくれ」

「それはね、それはね」

デコは歌うようにいった。「それはカエルの銀の笛ならぬ、タイマーだったのです」

「な、何と……」

「矢野伊三夫は二十四日の夜、熊谷信義をロープで縛り、胸に電気コードを貼り付けました。そして、タイマーを二十五日の午後六時にセットし、別荘をあとにしたのです。熊谷の死後、矢野はまた別荘に現れ、タイマーを取り外したというのが真相であります」

「――デコ、わるいけど、それはあかんわ」

私は横にころがってデコの膝に手を置いた。「わしらも素人やなし、タイマーについてはとっくに検討済みや」

「ええ、ほんと……」

「タイマーをセットしたんが二十四日の、そう夜の十時ごろと考えて、熊谷が死ぬまでには二十時間が経過する。たとえ手足を縛られてたとしても、熊谷は体に貼り付けられてるコードを外そうとして暴れるはずや。別荘の窓くらい足で割ってしまうやろし、タイマーも壊すに違いない」

「睡眠薬で眠らせといたらいいやんか」

「熊谷の体内から薬物やアルコールは検出されてへん」

「身動きできんように、ぐるぐる巻きにしたら」

「それもあかん。不可能や」

「何で」

「死後硬直や。矢野が別荘へ引き返すことができるんは、熊谷の死後、少なくとも十二時間あとや」

私が大正駅で矢野と別れたのは、二十五日の午後十時半だった。

京都は遠い、ここから二時間もかかるんやで、矢野はそういって私に手を振り、改札の向こうに消えた。帰宅後、すぐに青海島へ向かったとしても、到着は二十六日の午前七時になる。

「死後硬直は死後二、三時間から始まって、十二時間後に最高に達する。そやし、熊谷の死体にスイッチを握り込ませることは不可能や」

「案外、緻密《ちみつ》な考え方をするんやね、誠ちゃんて」

「まだある。……熊谷は仰向《あおむ》けで、お棺に入るような自然な姿勢やった。もし仮に、熊谷をぐるぐる巻きにした状態でタイマーを使用したとしたら、死体は足首と膝をぴっちり合わせて、手を縛られた形で硬直してしまう」

「要するに、タイマー説は没ということやんか」

「感電死の擬装はできるけど、その場に犯人がいてるというのが条件や」

「ほな誠ちゃん、細江の死体はどうなん。……京都で殺されて、能登で見つかったんやろ」

「あれは死後五日の発見や。とっくに硬直は解けて、腐り始めてた」

腐臭が鼻の奥によみがえる。眼から入った記憶より、鼻腔《びこう》に染みついたそれの方がずっと強烈だ。私は頭を振って深呼吸した。

「なーんや。一所懸命考えて損したわ」

デコはステレオのボリュームを少し上げた。ブルース特有の汗くさいシャウト、もっとさらりと歌えないものか。

「な、誠ちゃん、矢野さんが大正まで来たんは何のため」

「ああ……？」

「どんな話をしたん」

「どんな話て……妹が早死にしたとか、熊谷が贋作《がんさく》団の元締めやったとか……」

「それ、何が何でも誠ちゃんに聞かせなあかん話やったん」

「そういわれたら、そうでもないな」

今まで考えてもみなかった。デコの指摘は正しい。

私は立って、鴨居《かもい》に吊《つ》るした上着からメモ帳を取り出した。二十五日の夜、矢野が訪れたという大正区千島町の顧客の電話番号を調べる。

電話のボタンを押した。二回のコールで相手が出た。


「――それで、向こうはどういうたんです」

「予想どおりや。矢野は大した用事があってそこへ行ったんやない。ちょっと近くへ来たから寄りましたと、一時間ほど世間話をしてその家を出た」

「ということは、先輩に会うのが目的ですね」

「わし、アリバイ作りに利用されたんかもしれん。どこかにからくりがあるような気がして仕方ない」

「しかし、青海島へは……」

「そう。車で七時間、電車で五時間かかる」

堂々めぐり。答えのない自問を何度繰り返したことだろう。

――上京区笹屋町、矢野昭嶪堂前の一方通行路。南角の豆腐店に、私と小沢は入った。

「いらっしゃい」

「すんません、客やないんです」

ゴム引きの前掛けをつけたおやじに手帳を呈示する。「実は、筋向かいの昭嶪堂さ五月二十四日から二十六日にかけて、矢野の姿を見かけなかったかと訊《き》く。中でも二十四日は、矢野は一日中、昭嶷堂にいて、掛軸の梱包《こんぽう》、発送準備をしていたと主張している。朝、出かけるところを目撃されていれば、その日のアリバイは崩れ、青海島へ行っていた事実が決定的となる。

「さあ、どうですやろ……」

おやじは濡《ぬ》れた手を腰の手拭《てぬぐ》いで拭《ふ》き、「自転車をこいではるのはちょくちょく見ます。どこかへ出かけるのも見たことはあるけど、それがいつのことやったかは分からしませんな」

「車に乗ってるとこも見てはりませんか」

「憶《おぼ》えありません」おやじは小さく首を振った。

私は礼をいい、訊き込みに来たことを口外しないよう頼んで豆腐屋を出た。

「けど、いずれは矢野の耳に入りますね」

「しゃあない。相手に気づかれん身辺捜査てなもんはあり得へん」

矢野は今日、昭嶷堂にいない。朝、留守番電話のメッセージで確認した。

小沢が豆腐屋から五軒離れた木工所に入った。収穫なし。

そして私が、三軒隣の佃煮屋《つくだにや》。気が滅入《めい》る。

昼食は千本通の食堂で食べた。

前に一台のタクシーが停まり、運転手がのれんをくぐるのを見かけて、そのあとに続いたわけだが、これは正解だった。しじみの味噌汁《みそしる》、鰺《あじ》の開き、しば漬、みんな旨《うま》かった。おもしろかったのが、豆腐丼とでも呼べばいいのか、大ぶりの豆腐に削りたてのかつおと青ねぎを入れ、ぐちゃぐちゃにつぶしたのを熱々のご飯にかけたもので、醤油《しょうゆ》を少し落としてかきこんだが、豆腐がこんなに味わい深いものだと初めて知った。食堂の主人は、自家用の井戸のある京都の豆腐でなければこの味は出ないとのたまった。

「わし、帰りにさっきの豆腐屋へ寄る。あのおやじ、職人顔やった」

「大阪まで豆腐を持って帰れますか」

「夜店の金魚でも大丈夫やないか」

私はネクタイを締め直し、午後の戸別訪問にかかった。

その一軒だけ洋風のタイル張りの家。チャイムを押したが、返答なし。隣のしもた屋はおばあさんが出て来て、もうひとつ要領を得ず。

——そして十二軒め。木戸という家の若奥さんが、五月二十五日の晩、矢野を目撃していた。

「そういえば、大きな荷物を車に積んではりましたわ。病院から子供のお薬もろて帰って来たときやし、日にちは間違いありません。私、矢野さんに挨拶《あいさつ》して、車のそばを通りました」

「大きな荷物いうのは、額縁みたいな？」

「いえ、もっともっと大きな段ボール箱でした」

その箱は、幅六十センチ、高さ四十センチ、長さ一・七メートルくらいで、これを矢野はライトバンの荷物室に押し込んでいたと、彼女はいう。

「その箱、重そうでしたか」

「車に運びはったとこは見てへんし、分かりません」

「箱を積んだあと、矢野さん、どうしました」

「知りません。私は家に入りましたから」

「正確には何時ごろですか」

「——ちょっと暗かったし、六時半ごろやなかったでしょうか」

「矢野さんが車に荷物を積んでるとこ、初めてですか」

「何べんか見かけてます。いつもは薄い平べったい紙箱なんやけど……」

「分かりました。どうもありがとうございます」

心から礼をいった。歯をかみしめて、今にも笑み崩れそうな顔を引き締める。

5／23
●PM——矢野、長門市青海島の貸別荘を電話予約。

5／24
●AM8・00——熊谷出張。
●AM9・00——矢野、熊谷に会う（車の中？）。昭峩堂に誘って自由を奪う（首を絞めた？）。縛って蔵の中へ。
●AM10・30——矢野、京都を発《た》つ。
●PM5・40——長門市、長北観光営業所で宿泊カードを書き、鍵《かぎ》を受け取る。別荘検分のあと、京都へ。

5／25
●AM6・00——京都着。睡眠。
●AM10・00〜PM5・00——個展まわりの間に合鍵を作り、電器店で炬燵《こたつ》コードを購入。
●PM6・00——昭峩堂の蔵の中で熊谷を感電死させ、左手にスイッチを握り込ませる。死体を大型段ボール箱（特注？）に入れ、ライトバンに載せる。

●PM8・30――大阪、大正区。千島町の顧客宅を訪問。
●PM9・50――私（吉永）と会う。
●PM10・30――私と別れる。いったん大正駅内に入り、しばらくして出る。
●PM10・50――ライトバン（近くに置いてあった？）に乗り、長門へ。
5／26
●AM5・30――青海島着。死体を別荘内に運び入れ、ベッドに横たえる。部屋中の物品に死体の指紋を押しつける。石油ストーブに火をつける。別荘裏のLPガスボンベを倒す。
●AM9・00――別荘から営業所に電話（ボンベが倒れていると通報）。

「――と、ま、こんな具合や」

私はボールペンをテーブルの脇に置いた。ブラックコーヒーをひとすすりして、

「わし、矢野が死体といっしょに動きまわってたとは夢にも思わんかった。死体を運ぶときは手足を折り曲げて車のトランクに詰める……そんな思い込みがあるところへ、スイッチを握ったまま硬直、姿勢は自然、紫斑《しはん》の位置は体の背部となったら、殺しの現場は別荘以外に考えられんがな」

「段ボールの棺おけを使うやて、推理小説でも読んだんですかね」

「わし思うに、矢野が段ボール箱を使《つこ》た第一の目的は、死体を昭裳堂から運び出すとき、不審に思われんようにするためや。あの狭い町内で、夜の夜中にごそごそしてたら、誰に見られるや分からん。普段の商品の積み込みを装うた方が自然やし、実際それが成功した。……あのチャップリン、稀代《きたい》の知能犯や」

「先輩と大正駅で別れたとき、電車に乗ったふりをしたんも、車を使《つこ》てないことを暗示するためやったんや」

「わし、完全に騙《だま》された。よう考えたら、いったん京都へ帰るより、大阪から青海島へ走った方が早い」

「別荘のドアや物に熊谷の指紋を付けた方法は」

「ちょいと面倒やけど、理屈は簡単や」

たばこのパッケージのセロファンを剝《は》がし、二つに割いた。「熊谷の左手はスイッチを握りしめとるから、右手を使う」

拇指《おやゆび》に鼻の脂を付けて、セロファンに押しつけた。

「なるほど。その紙をドアの把手《とって》なんかにくっつけるんですね」

「まだや。このまま付けたら模様が反転してしまうやないか」

いって、もう一枚のセロファンを、さっきのセロファンに重ね、上から爪で擦《こす》った。取り上げて窓の明かりにかざすと、少しぼんやりしているが、指紋は転写している。

「印影を写しとるのと同じやり方や。こんな紙を二、三十枚こしらえて、部屋中のあちこちに押しつけたというこっちゃ」

現場検証で鮮明な指紋が採取されることはそう多くない。だから、この方法で充分通用する。

「矢野が別荘におった四時間は、ほとんど指紋付けに費したはずや」

セロファンを丸めて灰皿に捨て、席を立った。


午後五時四十五分、勤め帰りの人波に交じって大正駅を出た。ガード下をくぐり、半ば走るようにバス通りを南へ歩く。

私は矢野が駐車場を利用したと考えている。死体を載せたライトバンを、土地鑑のない大正に違法駐車させるはずがない。レッカー移動はもちろん、車上盗《しゃじょうとう》のおそれもある。

交差点の手前角に約二十台収容の屋根つき駐車場。事務所でテレビを見ている係員に声をかけた。——五月二十五日、京都ナンバーの車は駐《と》められていない。

横断歩道を渡って、郵便局の隣の駐車場。伝票を調べてもらうと、何ともあっさり裏付けができた。——矢野は午後九時四十分から十時三十八分まで車を駐めていた。係員は、車内のようすは見ていないといった。

「これでもう間違いはない。矢野は昭嶷堂のたぶん蔵の中で熊谷を感電死させよった」

「熊谷を昭嶷堂に誘い込んだ口実は何ですかね」

「細江と熊谷の関係や。矢野は、二人が銀閣寺のルーモアで密会したことをネタにして、熊谷を脅したに違いない」

「ほな、細江の二代目や。金を要求したんですね」

「当然や。煌春は元々自分のもんやし、二千万や三千万はもらいたいと……」

と、ここまでいってハッとした。金をゆすり取るつもりなら、矢野はなぜ私に贋作《がんさく》団云々《うんぬん》を教えたのだろう。情報は自分ひとりの胸にしまってこそ価値があり、金にもなる。

私は今まで、矢野は脅迫に絡むトラブルで熊谷を殺したと考えていた。がしかし、殺害以前に別荘を予約したことといい、私を使ってアリバイ工作をしたことといい、もっと早くから練り上げた殺人計画ではなかったのか。

「動機やな」

「は……」

「矢野が熊谷を手にかけた動機や。こいつはどうも、金だけではなさそうやで」

六月四日、五日と、私たちの京都詣《もう》では続いた。矢野と熊谷の過去の接点を探るため、洛秀画廊、彩雅洞、美法堂を始めとする美術画廊に足を運び、また、熊谷と黒田の家族からも話を聞いたが、成果は得られなかった。矢野と熊谷が、黒田理弘を介して接触していたようすもない。

矢野昭峩堂には今、二十四時間の張りが付いている。矢野は当然、身辺捜査に気づいているだろうし、もし飛ぶような素振りを見せたときは、その場で身柄を押さえる手筈《てはず》になっている。

もうそろそろ引きどきと違いまっか、という川島たちの意見に、深町は頑として首をたてに振らない。深町は矢野の引き急ぎを危惧《きぐ》している。矢野の筆跡、アリバイ工作、ライトバンの段ボール箱、すべてが状況証拠であり、決め手のないままに引っ張れば、のらりくらりと逃げられて、その日はお帰り願うということにもなりかねない。その場合、矢野は我々の手の内を知ってしまうし、確たる証拠を握っていないことも察してしまう。別件逮捕は最後の手段である。

――帳場に定時連絡をとった小沢が息せききって戻って来た。立ったまま、飲み残しのココアをすすって、

「藤沢杉子から電話があったそうです。熊谷の自宅の書斎で煌春が五点見つかりました」

「おう、そらよろしいな」

いいながらも、私には大した感動はない。

「それと、例のレストランが判明しました。一乗寺下り松、『スプリーム』という地中海料理の店です」

「へえ、やっと当ったか」

これも、今さらもう遅い。

「五月十二日、熊谷と細江らしき二人連れが『スプリーム』で食事をしてます。伝票を調べたところ、食べたんは、生ハムの前菜、オニオンスープ、アワビのステーキ、ブロッコリーのサラダで、白ワインを一本あけてます」

「二人はベンツでスプリームへ行ったんやな」

「スプリームには二十台収容のパーキングがあります」

「一乗寺下り松、わしらも吉岡道場の助太刀に来いというてるんか」

「いえ、応援は要らんといってました」

小沢はシートに腰を下ろした。ふと首を傾げて、「――吉岡道場て、何です」

「たまには小説を読め」私はシートにもたれかかった。

「ね、先輩」

「何や」

「矢野は何で結婚せんかったんですかね」

「縁談はあったらしい。けど、妹が亡くなってしもて、京都へ出て来たというてた。清水坂の骨董屋《こっとうや》へ丁稚《でっち》奉公や」

「その骨董屋、まだあたってませんね」

「そういや、そうやったな」

記憶をたぐる。亀……亀、何とかいった。

「よし、これから清水坂へ行ってみよ」


清水坂は、東大路通と松原通の交わる清水道から清水寺へ上る道だった。畳半畳ほどの大きな御影石《みかげいし》を敷きつめた坂道の両側には、古い町家と土産物店が軒を接し、清水焼、京人形などを並べている。

亀、亀、亀……私は口の中で呟《つぶや》きながら坂を上り、産寧坂を過ぎたところで「亀新骨董店」を見つけた。ウインドに京焼の壺《つぼ》をひとつ置いただけのそっけない店構え、ひやかしの観光客お断りといった風情である。

ガラスの引き戸をあけて店内に入った。奥に坐《すわ》っている老人が眼鏡の縁越しに我々を見上げる。

私は身分を明かし、矢野伊三夫の名前を出した。

「──何せ、努力家どしたな。仕事熱心やし、よう勉強するよって、商売の覚えが早い。眼も肥える。うちに来て五年後には独立しましたわ」

「当時、洛秀画廊とか彩雅洞との取引はなかったですか」

「あらしませんな。うちは絵を扱わんさかい」

「熊谷という名前は」

「聞いたことおません」

「矢野さん、何で広島から京都へ出て来たというてました」

「妹はんが亡くなったとかいうてましたわ。京都で絵描きしとったんが、交通事故に遭《お》うてしもたとかいうて」

「何ですて……」

息をのんだ。「その妹の名前は」

「さあ、どんな名前やったやろ……聞いたことはあるんですけどな」

店主は振り返り、奥の部屋に向かって、そのことを訊《き》いた。

答えはすぐに返ってきた。年輩の女の声で、「百合子さん。名字は知りません」

広島、山陽本線広島駅前から宇品《うじな》港行きの路面電車に乗った。板張りの内装、吊《つ》り革《かわ》は文字どおり革だ。

「年代もんですね」

「中古や」

広島電鉄、地元の人たちのいう広電は、オリジナルの車輛《しゃりょう》の他に、日本各地から中古車輛を譲り受けて、これを走らせている。私たちの乗った車輛は、上部がベージュ、下がグリーンで、隣の乗客に訊くと、元は京都の市電だろうと答えてくれた。ゴトンゴトンと小さな凹凸を拾いながら、せいぜい三十キロほどの速度で進んでいくのがほほえましい。

紙屋町から十日市町、平和大通を越え、舟入町で電車を降りた。国道二号線の一筋南を左へ入ったところに「住吉青果」はあった。五階建、白い吹き付けタイルのビル、右隣のスレート屋根は倉庫と配送場らしい。我々の訪問は事前に連絡してある。

一階事務室の女の子に用件を告げると、すぐ三階の応接室に通された。ほうじ茶を飲み、たばこを一本灰にしたところへ、ノック。焦げ茶色のスーツを着た背の低い男が部屋に入って来た。

「星田《ほしだ》です。口のわるい連中は干し大根ともいいますが」

差し出した名刺は、常務取締役となっていた。星田は矢野が住吉青果に勤めていたときの最も仲の良かった同僚である。

私と小沢も名刺を渡し、

「早速ですけど、矢野さんの妹さんのことを聞かせて下さい。名字が吉井というのはどういうわけですか」

「矢野と百合ちゃんは父親が違うんです。私もはっきりしたことは分からんのじゃけど、矢野のおやじさんが戦死して、おふくろさんは吉井という男と再婚したんじゃそうです。そして生まれたんが百合子という妹で、そのあとすぐ、吉井は妻を置いてどっかへ行ってしもうたと、そんなわけです」

「女でもできたんですか」

「じゃと思います。矢野ははっきりといわんかったけど」

「それは矢野さんがいくつのときですか」

「まだ七つ。物心のつく前じゃろうね」

「矢野さんがこの会社に勤めだしたんは」

「高校卒業後、私と同期です」

矢野の高校卒業は昭和三十三年だ。その二年後に母親が病死した。

「お母さんが亡くなったとき、妹さんは中学二年……大変でしたね」

「あの子は矢野が大きゅうしたんですよ。二人きりの兄妹《きょうだい》が肩寄せおうて生きたんです」

星田は視線を宙にやって呟くようにいった。「二人は皆実《みなみ》町の長屋に住んどりました。雨の日は家の前が泥んこ道になるんです。ようあの家に遊びに行ったんじゃが、水たまりを避《よ》けながら歩いたことを憶《おぼ》えとります。そがいなとき、百合ちゃんが夕食の仕度をして矢野を待っとるんです。顔も体つきもまだ子供じゃいうのに、大きな白いエプロンをして、それがほんまにかわいかった。もちろん電話なんかありゃあせんから、私が行くゆうのを知らん。おかずが少ないのを気の毒がって、めざしを焼いたり、卵を茹《ゆ》でたりしてくれるのがほんまに可憐《いじら》しい。今思い出しても、胸がつまります」

星田は目がしらを揉《も》んだ。

「百合ちゃんは頭のええ子でした。絵が好きで、中学、高校と、美術部に入っとりました。ほいで、本人は高校を出て働くゆうのを、矢野は無理やり大学を受験させた。京都の美大です。……合格通知を受けたそのとき、たったいっぺんだけ、私は矢野の涙を見ました」

15

梅雨入り。今年は例年より三日遅れだと今朝の天気予報で聞いた。

私は格子戸を引いて昭嶌堂に入った。小沢と長谷川があとに続く。深町や川島は車中で待機している。

矢野は三和土《たたき》の向こうの四畳半でたばこをくゆらしていた。

「今日は三人かいな」

「こちら、鑑識の長谷川です」

いって、私は内ポケットから封筒を抜き出した。「捜索令状です」

矢野は受け取って中を改めようともせず、

「えらい形式ばってどないしたんや。こんなもん出さんでも、好きなように調べたらええがな」

「いちおう正式な手続きを踏んだわけです。立ち会い、お願いします」

「あんたら、わしのことを訊いてまわってるそうやな。あちこちで噂やで」

矢野は笑いながらいう。内心の動揺を隠すような不自然な笑みでもない。

「どこを捜索するんや」

「まず、蔵から」

「よっしゃ、立ち会お」

矢野は咥《くわ》えたばこで三和土に降り、下駄《げた》をつっかけた。土間を通り、坪庭を抜けて土蔵の入口に立ち、引き戸をあける。

私たちは靴を脱ぎ、蔵の中に入った。黒い板張りの床、やに色の漆喰《しっくい》壁、太い木組みをそのまま見せた高い梁《はり》、妻の上方に小さな窓があって、一条の光が射している。額や掛け軸の箱は右の壁際に大型のスチール棚を並べ、そこに積み上げている。

矢野が照明を点《つ》けた。

「さて、何を捜索する」

「大したもんやないんです」

私はすばやい眼で中を見まわした。戸の左横、柱の下部に、今は珍しい白い磁器製の二口《ふたくち》コンセントが取り付けてある。——これだ。

「そのコンセント、外してもよろしいか」

「そんなもん、どないするんや」

「すぐ、元に戻しますから」

長谷川がバッグからドライバーを取り出し、コンセントを外しにかかる。キャラメルの箱を二つ重ねたほどの大きさだ。

「──矢野さん、山口県の青海島を知ってはりますね」

「青海島……熊谷が自殺したとこやな」

「ただそれだけですか」

「ほう、その自信ありげな顔は、調べがついてるみたいやな」

矢野は棚の端の椅子を床におろし、またがった。両肘《りょうひじ》を背もたれの上端に置いて、

「わしも青海島には行った。去年の春ごろや」

「去年の四月三日ですわ。嵐山の画廊の招待で、京都の画商仲間が四人、秋芳洞《あきよしどう》や萩をまわったんです」

「そして、青海キャビン村の貸別荘に一泊しました、と白状したらええんかな」

一行は四号棟と五号棟に分宿していた。予約も精算も嵐山の画廊がし、その記録が長北観光に残っていた。

「しかしあんた、そのことと熊谷の自殺をどうつなげるつもりなんや」

「つなげるネタはいくつか持ってます」

「おもしろい。ご開陳願おか」

──とそのとき、カタッと音がして、長谷川が立ち上った。外したコンセントをポリ袋に入れ、蔵を出て行った。

「まずひとつめは、五月二十五日の午後一時ごろ、四条寺町の藤井大丸南の電器店、

栄電社で、イズミ電機製の炬燵《こたつ》コードが売られたこと。買《こ》うたのは、ガーゼマスクに黒縁の眼鏡をかけた中年の男で、中肉中背、服装はグレーのスーツ……そしてこの日、午後一時半ごろ、矢野さんは栄電社から歩いて十分の、四条烏丸の画廊の個展に顔を出してます」

「ガーゼマスクがこのわしやというんやな」

「その個性的なお髭《ひげ》を隠さないかんのです」

「それは証拠になりそうかいな」

「店員に面通しをしてもらいます。声も聞いてるし、証言は得られると思います」

「首のあたりがこそばいな」

矢野はにやりとして、「ふたつめのネタは」

「段ボールで作った棺おけです。五月二十三日、矢野さんは上七軒《かみしちけん》の梱包《こんぽう》材料店で、二メートル四方の二重張り段ボール用紙を二枚と、十メートルのビニールシートを買《こ》うてます」

「ほう、段ボールのことも調べたんかいな」

「使用済みの棺おけと、死体を包んだシート、どう処分しました」

「棺おけは捨ててへんけど、段ボールはこないだのごみの日に捨てた」

「手遅れでしたか。熊谷の髪の毛でも付いてるかと期待したのに」

「三つめのネタをいうてくれ」

「別荘にあったガーゼのマスクです。これには唾液《だえき》が染みついてて、その血液型はA型でした」

「どういうこっちゃ」

「熊谷はO型、矢野さんはA型です」

「――ちょいときついパンチをもろたな」

矢野は言葉につまった。あごをひねりながらしばらく考えて、「そのマスクは必ずしも熊谷がつけたもんとは限らんし、誰か別人が使《つこ》たのを貸してもろたんかもしれん」

「その言い訳は苦しいですね」

「苦しいけど、A型の唾液イコール、わしとは限らんがな」

「マスクに矢野さんの髭の一本でも付いてたら申し分なかったんですけどね」

「もくろみとたくらみはそうそう都合よう運ばへんもんや。へい、次のネタに行こ」

「死体にコードを貼りつけてた絆創膏《ばんそうこう》です。これは熊谷の指紋が片面にしか付着してませんし」

「もうひとつ詳《つまび》らかでないな」

「絆創膏をロールから剥《は》がすとき、誰でも端の両面を指でつまみます。すると、表面《おもて》と粘着面の両方に指紋が付着するんです」

「それであんた、どう考えたんや」

「矢野さんは革手袋をして、熊谷に絆創膏を貼りました。そしてそのあと、絆創膏の表面に熊谷の指を押しつけたんです」

「ロールの剝がし方には、指でつままずに爪でひっかけるという手もある」

「ところが、この絆創膏にはおまけがあります」

「何や、おまけて」

「革手袋です。絆創膏の粘着面に、ほんのわずかに黒い革の繊維が貼りついてました」

いって、私は椅子にまたがった矢野のまわりを一周した。

「矢野さん、黒の革手袋持ってませんか」

「あんた、甘いで、そんな手袋を後生大事に残してると思うか」

「期待はしてへんけど、捜索はします」

「ま、好きにやってくれ」

矢野がこぶしで腰を叩《たた》いたとき、長谷川が蔵に入って来た。小沢に耳打ちする。

「何や、作戦会議かいな」

矢野はそういい、私に向かって、「で、見通しはどうなんや。わしは有罪か」

「有罪ですね。……数々のアリバイ工作、一年前のキャビン村宿泊、宿泊カードの筆跡、炬燵コード、マスクの唾液、絆創膏と、これだけ引きネタの揃てる事件も珍しい」

「年貢の納めどきということかな」

「できたら自供が欲しいと考えてます」

「──矢野さん」

小沢が口をはさんだ。「熊谷はやっぱりこの蔵の中で殺されました」

「…………」矢野は小沢を振り仰いだ。

「さっき外したコンセントを分析したところ、プラグの受け金《がね》が錆《さ》びて、緑青《ろくしょう》がふいてます」

「ああ、それで……」

「その緑青が炬燵コードのプラグの差し込み金具にも付着してるんです。もちろん、貸別荘のコンセントは錆びてません」

「──分かった。もうええ」

矢野は力なく手を振った。

「矢野さん、広島から京都へ出て来たんは、妹さんの自殺の真相を知るためですね。骨董屋《こっとうや》に勤めたんは、美術業界の裏を探るため……」と、私。

「なるほど。……吉永はん、あんた優秀なんや」

「こう見えてもね」

「わし、広島時代に戻りたい。妹と二人、金はないけど平穏に暮らしてた」

「けど、いずれはよめさんに出すんです」

「あいつを死なせてしもたんは、無理に京都へ遣《や》ったわしのせいやがな」

「そう思うんやったら、なおさら他人に手をかけたらあきませんわ」

「この計画には、わし、自信があった。そもそも、どこでつまずいたんや」

「別荘の石油ストーブです。連続燃焼時間は十時間やのに、熊谷の死後、二十一時間も燃え続けてたんです」

「五月も末やというのに、寒い朝やった。それでわし、ストーブを点《つ》けたがな」

「矢野さん、熊谷をどうやって拉致《らち》したんです」

「五月の二十三日、わしは鈴木という名で洛秀画廊に電話をした。熊谷が出てから、ほんまの名前を明かして、明日《あした》、会いたいというたんや」

――矢野は、二十四日、熊谷が東京美術倶楽部《クラブ》の現美展に出張することを知っていた。熊谷は会うことを渋ったが、ルーモアで細江と密会していた事実を告げると、一時間だけという条件で面会を承諾した。

「二十四日の午前八時半、わしは上賀茂神社前のバス停で熊谷をライトバンに乗せた。そして、細江から預ってるもんがあるというてこの蔵の中に誘い込んだ。これがそうですねんと、熊谷に額の箱を渡して、蓋《ふた》を開けてるとこを、後ろからタオルで首を絞めた。あわれ熊谷は気絶。目隠しと猿轡《さるぐつわ》をし、裸にしてわしのパジャマを着せたあと、布テープでぐるぐるに巻いて段ボールの棺おけの中に放り込んだ」

「それから青海島へ走って、別荘のキーを受け取ったんですね」

「合鍵《あいかぎ》は二十五日の昼、三条堀川の金物屋で作ったんや」

——矢野が熊谷を殺したのは、二十五日、午後六時前だった。熊谷の体に巻いた布テープの左胸と右腋下《わきのした》の部分だけを剝ぎ、パジャマを切り取って、皮膚にコードの先端を貼り付けた。コンセントにプラグをつないでスイッチを入れる。

熊谷、感電死。矢野は死体に服を着せ、左手にスイッチを握り込ませてから、ビニールシートに包んで段ボール箱に納めた。

「大正で私に顔見せしたあと、青海島へ着いたんは」

「二十六日の朝や。五時四十分ごろやったかな。わしはライトバンを道路脇の野立て看板の後ろに駐《と》めて、棺おけにロープをかけ、背中にのせて、えっちらおっちら別荘まで運んだ。それから看板のとこへ戻って、車を五百メートルほど離れた廃屋の庭へ入れた。あとは別荘にとって返して、小細工に精出したと、そういうこっちゃ」

「動機はやっぱり、妹さんの仇討ち？」

「端的にいうたら、そういうことになるな」

矢野はこっくりうなずいた。「わしが三十にもなって美術商修業を始めたんは、百合子のことを調べるためやった。そして、自殺の原因が画業の行き詰まりなんかではなく、加賀谷禄郎に利用されたためという事実をつきとめたとき、皮肉なことに、加賀谷はあの世へ行ってしもてた。わしは悔し涙にくれながら、共犯と目される黒田理弘に接触をはかったんや」

「それは、黒田に復讐《ふくしゅう》をするということ？」

「そんな意識も底にはあったな。……わしは自腹を切って黒田の作品を扱い、かなり親しい間柄になって、黒田から贋作《がんさく》のことを聞き出した」

「どんなふうにいいました、黒田は」

「加賀谷に騙《だま》されたといいよったな。二度と贋作はせえへんともいうた」

「その言葉を信じたんですか」

「信じた。黒田は性格的に自分から贋作を描くようなタイプやないし、百合子と同じく、加賀谷に利用された、いわば被害者と考えるようになったんや」

以来、矢野は加賀谷の立場にとって代わろうとした。疑惑のため名の落ちた黒田に対して、贋作こそさせなかったが、芸術性の乏しい売り絵を多作させ、招福の軸絵を描かせた。

「ちょっと待って下さい。勧業館の煌春の偽物は矢野さんが描かせたというたやないですか」

「それは、ま、いろいろといきさつがあるんやがな」

――昨年、三月のある日、矢野は黒田家を訪れた。ちょうど黒田は外出しており、アトリエで帰りを待つことにした。

別棟のアトリエに入ると、右奥の壁際に、梯子《はしご》のような幅の狭い階段があった。それを初めて見たのは、いつもは天井の梁《はり》の間に吊《つ》り上げられているためである。

矢野は何の気なく階段を上った。屋根裏は物置になっていて、隅にパネルや紙が雑然と積まれていた。特に興味をひくようなものはない。

階段を降りようとして、パネルの下に掛軸の木箱が数本並んでいるのが眼にとまった。矢野は木箱を抜き、蓋《ふた》をあけた。中の掛軸を広げると、それは橋本玉稜の水墨画だった。著名と落款、鑑定証まで添付されている――。

「つまり黒田は、熊谷やわしには内緒で贋作を描いていたんや。わしは偶然、そのことを知ってしもたというわけや」

「黒田を問いつめたんですか？」

「そんな野暮なことをするわけない。掛軸を元に戻して、知らんふりをしてた」

――矢野は考えた。黒田がいまだ贋作をし、鑑定証まで偽造されているからには、十九年前の奥原煌春贋作シンジケートは存在しているに違いない。一時は諦《あきら》めた煌春贋作疑惑の真相を摑《つか》むにはまたとない機会である。

矢野は玉稜の件をおくびにも出さず、黒田に贋作をしてくれと持ちかけた。ものは奥原煌春、六百万円の札束を黒田の眼の前にちらつかせた――。

「黒田、二度と贋作はせんといいながら、あっさりわしの誘いに乗ったがな。……わしは前金として三百万を黒田に渡したけど、残りの金を払う気はまるでなかった。偽煌春を自分で売りさばくつもりもなかった。黒田をそういう宙ぶらりんの状態にしたら必ず動きだす、贋作シンジケートに煌春の換金を要請すると、そう読んだんや」

「そして、その読みどおりになったんですね」

「黒田は蒲池章太郎に鑑定証を偽造させ、蒲池は煌春を仁仙堂に持ち込んだ。ことの成り行きをわしはじっと観てたんやけど、そこへ思いもかけん突発事故や。……黒田が墜死してしもた」

「ただの事故死やと思いましたか」

「裏の事情を知ってるだけに、首をひねりはした。けど、警察が事故と断定したからには事故やと考えなしゃあない。それに、黒田の死はもともと望むところや。要らんちょっかい出して警察に眼をつけられたりしたらかなわんがな」

――矢野は仁仙堂及び美術年報社との取引を始めて、シンジケートの調べを続けた。だが偽煌春は美術市場に出まわらず、それを細江かどう処分したか分からない。

はじめ、矢野は細江がシンジケートの黒幕かと考えた。しかしながら、仮に細江が黒幕なら、仁仙堂から贋作を出品したりはしない。また、調べが進むにつれて、細江と黒田には過去の接点がないことも分かった。蒲池章太郎は四十一歳で、十九年前は東京の大学に通っていた。関西へ流れて来たのは九年前だから、煌春贋作団とは関係がない──。

「と、そんなふうにじりじりしてるとこへ、今年の春になって、猪原の口から、安井清山堂が煌春を買いに来たことを聞き込んだんや。……わしその瞬間、体中の力が抜けた。このことで、すべての疑問が解けたんや」

安井健次は洛秀画廊、熊谷信義の子飼いである。勧業館の即売会でいち早く偽煌春を発見し、引っ込めさせたのは熊谷だった。──そう考えるに至ったとき、矢野は妹を死に追いやったシンジケートの黒幕を知った。

「わしは細江に先を越されたんや。そのときはもう、細江は熊谷をゆすってた」

「矢野さん、いつ熊谷を殺そうと決めたんです」

「さあ……そのあたりのことはうまく説明できんな。……広島、子供のころ、おふくろの死、二人だけの生活、美大入学、帰省、絵描きになる夢……百合子のことを想い続けてるうちに、いつしか熊谷の生命を絶たないかんと考えるようになったんや」

「殺意の醸成というやつですかね」

「何と、ハンサムコップは文学的な表現をするやおまへんか」

「最後にひとつだけ。……矢野さんがあれこれ事件を解くヒントをくれたんは、熊谷が黒田と細江殺しの犯人やということを早《は》よう知らせたかったからですか」

「と同時に、熊谷の逃走をアピールしたかった。ルーモアで熊谷と細江が会《お》うてたことを確かめたとき、わしは事件の全貌《ぜんぼう》を知ったんや」

「けど、その結果、今度は自分の犯罪が解き明かされてしまいました」

「わしはそれでもええと考えてた……といえば、かっこよすぎるかな」

矢野は小さく肩で笑い、「あんたの手錠やったら、そう痛《いと》うないような気がしたんや」

呟《つぶや》くようにいって、両手を差し出した。

あとがき

『絵が殺した』の単行本は九〇年六月に刊行されている。ということは、八九年、絵画バブルの最盛期に、わたしはこの作品を書いたことになる。

実際、あの絵画バブルは異常だった。芸術院会員クラスの日本画家の作品は号あたり四、五百万円を超え、十号の小品が五千万や一億円で飛ぶように売れた。土地や株などのバブルもひどかったが、ほんとうにむちゃくちゃだったのは絵画バブルだった。

ちなみに、わたしが住んでいる南大阪の住宅地の地価は八九年当時に比べて三分の一に下落した。株は日経平均株価が三万円にとどこうとしていたのが、いまは一万一千円台を推移している。つまりは、土地も株も三分の一に下落したわけだが、絵は（画家にもよるが）それどころか、十分の一以下に暴落したものも少なくない。土地がなければ家は建たないが、床の間に絵がなくても生活に支障はないのである。

バブルのころ、わたしは絵は買わなかったが、株は買った。有り金をみんな株に投資して十万、二十万の小遣いを稼ぎ、原稿を書かんでも株のアガリで食えるがな、と半ば本気で考えていた。それが九〇年の大暴落で一日に××万円も損したときは、こめかみに湿布薬を貼って寝込んでしまった。『絵が殺した』の単行本が出たころ（公立高校の教師は前々年に辞めていた）から、わたしの収入は激減し、下落した株を損切りしては月々の小遣いにあてる窮乏生活に陥ったのである。

わたしはよめはんに相談した。トラックを買って八百屋でもしようか、と。

「朝、中央市場で野菜を仕入れて、駅前とか公園に持っていって売るんや。売れ残った野菜は家で食うたら食費が浮く」

「食べきれんほど残ったときはどうするの」

「漬け物にするんや」

「夏は腐ってしまうで」

「ほな、八百屋は冬だけにして、夏は原稿を書く」

「あんたは季節労働者か」

職業に楽なものはない。幸いにも出版社からの注文は途切れることがなかったから、八百屋はやめて小説家に専念した。遅筆だからたくさんは書けないが、まじめに全精力を傾けて書きつづけた。『大博打《おおばくち》』や『迅雷』を出して、仕事は軌道に乗ったように思う。

『絵が殺した』の取材をした画商のSさんとKさんは店をたたみ、その後の消息を聞かない。日本画の贋作《がんさく》も最近はあまり出まわっていないようだ。作中にある奥村土牛、上村松篁の二氏は亡くなり、〝五山〟のうち、杉山寧、東山魁夷、加山又造の三氏も逝《い》った。

「おれも書けるうちに書いて、老後の資金を貯《た》めんといかんな」よめはんにいうと、

「いったい、いつまで書くつもり」と、きた。

「もの書きに停年はない。注文があるかぎり書く」

「ふーん、いつからこんな勤勉になったんやろ」

「日本の年金制度はいずれ破綻《はたん》する。自分の身は自分で守るんや」

わたしはテレビの前に寝ころがってイチローと松井を応援する。そのあとは庭のメダカの世話をして、三時になったらテニス教室へ行かないといけない。

原稿を書けばいいものを。


（このあとがきは、創元推理文庫版に収録されたものです）

参照文献

『日経アート』日経ＢＰ社「特集及びＡＲＴリポート」
『絵画の見方買い方』瀬木慎一　新潮選書

解説　軽妙にして怪しい『絵が殺した』の魅力

新井《あらい》　順子《じゅんこ》

贋作《がんさく》に手を染めていた日本画家が姿を消したのは丹後《たんご》半島。しかし、発見されたのは大阪府富田林《とんだばやし》市の竹林。いったいなぜ？　そんな疑問から『絵が殺した』は始まります。

読み進めるうちに関係者、容疑者が次々に姿を消し、謎は深まるばかり。会社で休憩中に読むことが多かったのですが、とくに後半は話しかけられても「あとで」と断るくらいぐいぐいぐい物語に引き込まれました。

そうそう。新井順子って誰？　という方もいらっしゃると思うので自己紹介させてください。TBSスパークルという映像制作会社のプロデューサーです。主に連続テレビドラマを担当し、『わたし、定時で帰ります。』『中学聖日記』『アンナチュラル』『リバース』『Nのために』『夜行観覧車』などのドラマをプロデュースしてきました。

なぜここで解説をしているかというと、もともと警察小説が大好きなんです。家の本棚にも警察小説が一角を占めています。警察ものをやりたいとずっと思っていて、何度も企画を出したのですがなかなか通らない。やっと二〇二〇年に綾野《あやの》剛《ごう》さんと星野《ほしの》源《げん》さん主演の刑事ドラマ『MIU404』をつくることができました。

刑事ドラマは昔から人気があり、バリエーションも豊富。企画を通すためにはこれまでの刑事ドラマと何が違うかを明確にする必要がありました。

『MIU404』の場合は機動捜査隊を舞台にしたことが大きい。『絵が殺した』もそうですが、ドラマや小説の多くは捜査一課が殺人事件を扱うことが多いんです。事件があり、捜査し、解決するという一連の流れを描くなら、たしかに捜査一課が自然です。しかし、機捜は初動捜査を担当するので、次々に事件に遭遇するという特色が出せます。毎週違う事件に遭遇しても不自然ではありません。これまでほとんどドラマになったことがなかったので、新しい刑事ドラマがつくれるのではと思いました。実はテレビ各局が放送している警察密着番組に機捜が登場するのがヒントになりました。

ほかのドラマでもそうですが、リアリティを出すために取材は必ずしています。俳優さんによっては役作りのためにその職業の方に会いたいという方もいるので、私たちが取材をしていないというわけにはいきません。警察は現役の職員は絶対に取材に応じてくれないので（笑）、退職された方数人にお話をうかがいました。たとえば『MIU404』で綾野剛さんが演じた伊吹《いぶき》藍《あい》という刑事が警察官になるまでのエピソードは、取材させていただいた方の履歴を参考にしています。『絵が殺した』も刑事たちの地道な捜査が描かれていて、作者の黒川《くろかわ》さんが警察にかなりお詳しいことがうかがえます。それもこれみよがしではなくさらっと書いてあるところに説得力がありました。

事件の捜査に当たるのは大阪府警捜査一課。主人公の吉永誠一《よしながせいいち》は刑事になって六年目。三十代前半ですが、すでに中堅と言ってよさそうな存在感があります。一方、彼とコンビを組むのが小沢《おざわ》という二七歳の新米刑事。吉永は小沢のことを「のれんに腕押し、豆腐にかすがい、食べ残して一晩放っておいたすき焼きの麸《ふ》のような歯ごたえのなさ」とひどい表現をしているんですが（でもぴったりの表現です）、この二人のズレまくった会話が面白い。誰が演じたらいいかな、と想像してしまいました。

職業柄、小説を読む時にはついつい「ドラマ化するとしたら」という目線で読んでしまいます。初版の刊行は一九九〇年とのことで、スマホはもちろんないですし、監視カメラ、Ｎシステムがいまほど普及していない世界。現代を舞台にするには大胆に設定を変える必要があるとは思いますが、キャラクターの魅力は現代にも通じると思います。

ドラマ化目線で考えると、大事なのはほかの刑事ドラマとの差別化です。先ほど言ったように刑事ドラマはたくさんつくられているので、違いをどこに出すか。『絵が殺した』は主な舞台が大阪と京都なので、吉永と小沢を始めとする刑事たち、事件に関わる関係者や容疑者が全員関西人というのが大きな特徴です。キャストも全員関西出身にして関西弁にこだわったら面白いかも。

というのも、私自身が大阪出身なので、下手な関西弁を聞くとゾッとするんです（笑）。『絵が殺した』には、大阪や京都にはこういう人いるなあ、と感じる人たちがたくさん出てくるので、なおのこと関西弁にはこだわりたいところです。

『絵が殺した』では、贋作のつくり方、見破り方、画家が亡くなったあとに高値がつく場合と値が下がる場合など、美術市場の裏側が描かれていて勉強になりました。二〇二一年二月にも、日本画家の大家の作品をもとにした版画の贋作が、百貨店などに流通していたという事件が発覚しました。それもまさに『絵が殺した』で名前が出てくる日本画家の作品だったので、時代を超えた普遍性を実感しました。私は黒川さんにお会いしたことはないのですが、聞けば美大出身で、奥様は日本画家とのこと。ご自身が見聞きしたものも反映されているのかも、と想像がふくらみました。

夫婦と言えば、吉永と奥さんのデコとの関係もいいんですよ。捜査の合間に二人の場面があるとホッとします。吉永の態度が捜査をしている時とはぜんぜん違う。口は悪いけど愛嬌《あいきょう》があるんです。嫁のことが好きという気持ちが伝わってきます。

『絵が殺した』はミステリとしての仕掛けもいろいろあって、悔しいことに、最後まで真相を見破ることはできませんでした。吉永と小沢が贋作づくりのネットワークをたぐっていく過程でさまざまな人物が登場するのですが、誰も彼もが怪しい。たとえば矢野伊三夫《やのいさお》という美術ブローカーが出てくるんですが、キャラの立った怪しさです。吉永が「刑事生活六年にして、こんな変人には会ったことがない」とのけぞる人物。吉永と小沢のやりとりはかみ合わない面白さですが、吉永と矢野は丁々発止の軽妙な会話。矢野は口から生まれてきたような人物なんです。

ドラマにするなら矢野は明石家《あかしや》さんまさん。そして、吉永は菅田将暉《すだまさき》さんにお願いしたい。二人が関西弁でやり合うドラマをつくったらかなりユニークなものになると思うんですが、読者のみなさんはどう思われますか？

（談）

構成・文　タカザワケンジ

本書は二〇〇四年九月、創元推理文庫から刊行されました。

作中に登場する人名・団体等は、すべてフィクションです。
また、事実関係は執筆当時のままとしています。

絵《え》が殺《ころ》した

黒《くろ》川《かわ》博《ひろ》行《ゆき》

令和3年 4月25日　初版発行

発行者●堀内大示

発行●株式会社KADOKAWA
〒102-8177　東京都千代田区富士見2-13-3
電話　0570-002-301（ナビダイヤル）

角川文庫 22636

印刷所●株式会社暁印刷
製本所●株式会社ビルディング・ブックセンター

表紙画●和田三造

ISBN 978-4-04-111237-3　C0193

JASRAC 出 2102728-101

◇◇◇

角川文庫発刊に際して

角川源義

第二次世界大戦の敗北は、軍事力の敗北であった以上に、私たちの若い文化力の敗退であった。私たちの文化が戦争に対して如何に無力であり、単なるあだ花に過ぎなかったかを、私たちは身を以て体験し痛感した。西洋近代文化の摂取にとって、明治以後八十年の歳月は決して短かすぎたとは言えない。にもかかわらず、近代文化の伝統を確立し、自由な批判と柔軟な良識に富む文化層として自らを形成することに私たちは失敗して来た。そしてこれは、各層への文化の普及滲透を任務とする出版人の責任でもあった。

一九四五年以来、私たちは再び振出しに戻り、第一歩から踏み出すことを余儀なくされた。これは大きな不幸ではあるが、反面、これまでの混沌・未熟・歪曲の中にあった我が国の文化に秩序と確たる基礎を齎らすためには絶好の機会でもある。角川書店は、このような祖国の文化的危機にあたり、微力をも顧みず再建の礎石たるべき抱負と決意とをもって出発したが、ここに創立以来の念願を果すべく角川文庫を発刊する。これまで刊行されたあらゆる全集叢書文庫類の長所と短所とを検討し、古今東西の不朽の典籍を、良心的編集のもとに、廉価に、そして書架にふさわしい美本として、多くのひとびとに提供しようとする。しかし私たちは徒らに百科全書的な知識のジレッタントを作ることを目的とせず、あくまで祖国の文化に秩序と再建への道を示し、この文庫を角川書店の栄ある事業として、今後永久に継続発展せしめ、学芸と教養との殿堂として大成せんことを期したい。多くの読書子の愛情ある忠言と支持とによって、この希望と抱負とを完遂せしめられんことを願う。

一九四九年五月三日